COLLECTION FOLIO

Joël Egloff

« Edmond Ganglion & fils »

Gallimard

Joël Egloff est né en 1970. Il est assistant-réalisateur et écrit des scénarios et des synopsis.

Son premier roman, « *Edmond Ganglion & fils* », remarqué par la presse, a reçu le prix Alain-Fournier 1999. Il a publié son deuxième roman, *Les ensoleillés*, en 2000.

Pour Nathalie,
pour ma mère, pour mon père, pour Daniel,
pour Michel.

I

À notre beau-frère, à mon beau-frère, à mes beaux-frères, à nos beaux-frères, à ma belle-sœur, à notre belle-sœur, à nos belles-sœurs, à mon ami, à nos amis, à notre ami, à mon amie, à notre amie, à nos amies, à mon camarade, à mes camarades, à nos camarades, à notre camarade, à ma camarade, à notre fils, à notre fille, à ma fille, à mon fils, à mes filles, à mes fils, à nos enfants, à ma mère, à notre mère, à notre père, à mon père, à nos parents, à mes parents, à notre frère, à mon frère, à nos frères, à notre sœur, à ma sœur, à nos sœurs, à mon époux, à notre époux, à nos époux, à mes époux, à notre épouse, à mon épouse, à nos épouses, à mes épouses, à mon cousin, à mes cousins, à notre cousin, à nos cousins, à notre cousine, à ma cousine, à nos cousines, à mes cousines, à notre grand-père, à notre grand-mère, à mon grand-père, à ma grand-mère, à nos grands-parents, à mes grands-parents, à nos arrière-grands-parents, à mes arrière-grands-parents, à mon arrière-grand-père, à mon arrière-grand-mère, à mes arrière-grand-mères, à mes arrière-grands-pères, à notre petit-fils, à notre petite-fille, à mon petit-fils, à ma petite-fille, à mes petits-enfants, à nos petits-enfants, à mon collègue, à ma collègue, à notre collègue, à nos collègues, à mes collègues, à ma maîtresse, à mes maîtresses, à notre maîtresse, à nos maîtresses, à mon amant, à mes amants, à notre amant, à nos amants, à notre oncle, à mon oncle, à mes oncles, à nos oncles, à notre tante, à nos tantes, à ma tante, à mon neveu, à notre neveu, à nos neveux, à ma nièce, à notre nièce, à nos nièces, à ma marraine, à mon parrain, à notre parrain, à notre marraine, à nos parrains, à nos marraines, à notre filleule, à ma filleule, à nos filleules, à mon filleul, à notre filleul, à nos filleuls, à mon gendre, à notre gendre, à mes gendres, à nos gendres, à ma belle-fille, à notre belle-fille, à nos belles-filles, à mes belles-filles, à mon beau-père, à mes beaux-pères, à nos beaux-pères, à notre beau-père, à ma belle-mère, à notre belle-mère, à mes belles-mères, à nos belles-ères. Dix-huit heures. « À chaque jour suffit sa peine », songea Molo. Il ramassa ses chiffons, son plumeau, et sortit de la vitrine à reculons en prenant soin de ne renverser aucune des plaques de marbre qui l'entouraient. Ganglion s'était approché de la devanture. Les mains croisées dans le dos, il jugeait le travail de son employé.

— Faut que ça brille, Molo ! Le marbre, faut que ça brille, y a pas de secret !

— Poussière, poussière... toute cette poussière, patron...

II

Saint-Jean était un de ces villages où les chiens s'appelaient Rex et les chats Minou, où l'église se trouvait « Place de l'Église » et la mairie, « Place de la Mairie ». Il n'y avait plus grand-chose, ici, plus grand monde. Rue Principale — anciennement rue Centrale — des bancs attendaient devant les maisons, qu'il fasse moins chaud, qu'il fasse moins froid, qu'on les repeigne ou qu'on les brûle, mais qu'on en finisse d'attendre. Les deux derniers commerces agonisaient lentement : le « Café du Soleil » et ses trois joueurs de cartes somnolents, et juste en face, une petite boutique à la devanture sombre, « Edmond Ganglion & fils — Pompes Funèbres ».

L'entreprise avait connu des années fastes à l'époque où Saint-Jean était encore un village florissant au cœur d'un pays oublié par les fossoyeurs. Dans toute la région, lorsqu'il était question de funérailles, Ganglion et ses « inhumations sans douleur », comme il les garantissait, étaient incontournables. Débordé par la tâche, il lui était même arrivé de prier le ciel pour que Dieu en épargne certains. En ces temps bénis, chez « Ganglion & fils », le dernier des grouillots mangeait du tournedos tous les jours de la semaine et même entre les repas. C'était l'époque prospère.

D'année en année, la situation s'était dégradée. Ce n'était pas la concurrence qui avait tué le marché, c'étaient les morts. Les morts étaient morts et manquaient cruellement à Ganglion. Saint-Jean et les hameaux avoisinants s'étaient dépeuplés, les maisons vides n'abritaient plus que les âmes éventées de ses anciens clients, et ici, on ne mourait pas avant l'âge, c'était une faveur divine comme une compensation, un microclimat, ou le grand air, simplement.

Le dernier client, le doyen d'alors, s'était éteint le jour de l'an au bal du dernier âge, et depuis des mois maintenant, personne n'avait franchi le seuil de la boutique, les larmes aux yeux. Chaque jour avec plus de certitude, Ganglion sentait la fin de son commerce approcher. L'habitude qu'il avait prise en quarante ans de métier de n'intervenir qu'« après » le rendait d'autant plus inapte à affronter cette lente décadence. C'était un homme d'épilogue, jamais il n'avait craint aucune situation désespérée, celles qu'il redoutait par-dessus tout étaient celles qui n'étaient que graves.

En dépit de ce marasme, il gardait une très haute opinion de sa profession. « Il y a deux personnes absolument indispensables en ce bas monde, disait-il. La sage-femme et le fossoyeur. L'une accueille, l'autre raccompagne. Entre les deux, les gens se débrouillent. »

Ces dernières années, il avait été contraint de lâcher du lest. Il avait abandonné la marbrerie, vendu deux véhicules et licencié la plupart du personnel. Il n'avait pu garder que deux employés : Georges, le plus ancien, un homme de confiance et d'expérience, et Molo, le dernier embauché, un jeune gars serviable qu'un peu de bénévolat n'effrayait pas en ces temps difficiles. Trois personnes en tout, juste assez pour supporter le poids d'un maigrichon dans un cercueil bon marché. Un devant et deux derrière, équilibre précaire. C'était dans ces moments que Ganglion souffrait le plus de ne pas avoir eu de fils. Si lorsqu'il s'était installé, il avait peint sur la vitrine « Edmond Ganglion & fils » en lettres blanches, c'était par impatience, pour mieux l'attendre. Il avait tout prévu et rêvé pour eux, d'enterrements à la pelle, de funérailles nationales, de convois jusqu'au bout du monde. Il l'avait attendu au fil des jours, il l'avait attendu longtemps, mais l'enfant nébuleux, effrayé par un avenir tout tracé sur une vitrine un peu triste, n'était jamais né. Son épouse avait le ventre timide, ils n'eurent pas même une fille. Un jour, pourtant, tout avait fini par s'arranger, pour elle. Le médecin de la ville, qu'elle voyait souvent, l'avait si bien soignée qu'il lui annonça qu'elle était enceinte de lui. Un beau matin, elle quitta le village en autocar et son époux en larmes, pour le corps médical qui lui avait donné la vie. Ganglion ne s'en était jamais vraiment remis.

Lorsqu'on demandait à Molo ce qu'il faisait dans la vie, il répondait : « Je suis dans le paramédical », et il fallait s'en contenter. Georges avait réglé ses problèmes d'identité depuis bien longtemps et lorsqu'on lui posait la même question, il répondait sans détour : « Je ne fais rien dans la vie, je fais dans la mort. » De toute façon, ils n'étaient que rarement amenés à répondre à une telle question. Au village, il n'y avait pas de curieux, il n'y en avait plus, tout le monde savait qui était qui et qui faisait quoi.

Pour tuer le temps à la boutique, Molo se levait tôt. Un peu avant huit heures, chaque matin, il arrivait au volant du corbillard que

Ganglion lui avait gracieusement permis de considérer comme une voiture de fonction. Ce matin-là, il était en avance et trouva porte close. Il n'avait plus de clefs depuis bien longtemps, depuis qu'il les avait perdues au cimetière en creusant un trou pour l'idiot du village, terrassé par une division à virgule. Personne n'avait jamais pleuré sur la tombe de famille des idiots du village, et la glaise vierge de larmes était plus sèche et compacte qu'une pierre tombale. Sous les coups de pic forcenés de Molo, la terre s'était effritée, centimètre après centimètre, et interrompu par quelques lombrics de passage, il n'avait touché le fond qu'à la tombée du jour, les mains en sang et sans ses clefs qu'il avait perdues dans la lutte et n'avait jamais retrouvées. Ganglion ne lui en avait plus confié d'autre trousseau.

Molo colla son nez à la porte vitrée. Ganglion n'était pas encore descendu. Il vivait au-dessus dans un appartement qui communiquait directement avec le magasin. Comme les jours précédents, il avait fait les comptes jusqu'à tard dans la nuit. Molo recula de quelques pas et leva les yeux vers les fenêtres, les volets étaient encore fermés. Il regarda sa montre, puis lorsqu'il se souvint qu'aujourd'hui, Georges, lui aussi, n'arriverait que plus tard dans la matinée, il traversa la rue pour attendre au « Soleil ».

— Qu'est-ce qu'il boit, Molo ? une petite prune ?...

Il fit mine d'hésiter, de penser qu'une prune à cette heure, ce n'était pas raisonnable, qu'il prendrait volontiers un chocolat ou un petit crème, un jus d'orange ou n'importe quoi d'autre, mais pas une prune. Il parut réfléchir encore, mais il n'avait pas le choix. Au « Soleil », tout le monde le savait, il n'y avait plus que ça : de la prune maison distillée par le patron, de la meilleure, d'accord, au prix d'un café, mais rien d'autre depuis que le percolateur avait rendu l'âme et que Jules avait servi les dernières petites bouteilles pleines de liquides incolores exposées au-dessus du bar. Pourtant, il fallait jouer le jeu, hésiter un peu, comme avant, pour que Jules garde sa dignité.

Le temps était écoulé.

— Allez, tiens... une prune, fit Molo.

Jules sourit et lui servit un petit verre qu'il remplit à ras bord.

— Goûte-moi ça. Elle est de l'année dernière, celle-là.

Molo porta le verre à sa bouche en pinçant les lèvres. Jules ouvrit de grands yeux attentifs.

— C'est vrai qu'elle est bonne, on sent bien le fruit.

C'était par pure politesse, car il trouvait à son eau-de-vie autant de saveur que de couleur.

Mais Jules n'en demandait pas plus. Satisfait, il passa un petit coup de chiffon nerveux sur le comptoir.

La clientèle était peu nombreuse, mais régulière. Les habitués connaissaient leur rôle et faisaient preuve de compréhension. Il arrivait à des gens de passage de rêver de diabolos menthe, de laits fraise ou de bières fraîches, alors que Jules leur proposait gentiment le petit alcool maison. Mais d'une manière ou d'une autre, il parvenait toujours à les convaincre. Une seule fois, il était tombé sur des obstinés. Un couple en short avec de gros mollets et deux enfants, descendu d'un immense camping-car blanc, avait débarqué au café comme Colomb aux Amériques. Comme d'habitude, Jules les avait devancés : « Quatre prunes ? » Ils avaient décliné son offre avec un drôle d'accent et commandé des orangeades. Jusque-là, il avait toujours su être persuasif. Généralement, il insistait une première fois : « C'est de la prune maison, c'est moi qui la fais. » Si les clients ne comprenaient pas, il insistait encore : « Elle est vraiment pas forte, c'est moi qui la distille, c'est que du fruit. » Et plus il insistait, plus un air contrarié couvrait sa face, et les gens finissaient par céder. Mais ceux-là avaient été particulièrement têtus. « Quatre orangeades. » Jules avait perdu son sang-froid et les avait désaltérés à sa manière. Les assoiffés avaient fini dans l'eau fraîche de l'étang voisin avec leur camping-car. C'était un après-midi sans clients, sans témoins. Depuis la boutique, pourtant, Ganglion avait assisté à la scène, mais par déformation professionnelle, sans doute, il n'était pas intervenu et n'avait jamais rien dit. Il n'y eut pas de remous, pas de vagues, juste quelques ronds dans l'eau.

Aujourd'hui, souvent, Ganglion repense à ces pauvres gens et regrette amèrement. Il regrette la précarité de leur sépulture fluide et leurs couronnes de simples nénuphars. Il regrette les roseaux et la vase, les carpes et les libellules, lui qui en ces temps difficiles aurait souhaité pour eux un autre destin, plus terrien, un destin de marbre et de chêne.

— À part ça, Molo ?

— Rien de neuf...

En jetant un regard à travers la vitrine, Molo vit que de l'autre côté de la rue Ganglion venait d'ouvrir la boutique. Pour éviter la moindre remarque, il s'empressa de payer et sortit. Il s'arrêta sur le pas de la porte et observa le ciel azur d'un air soucieux. Comme hier et les jours d'avant, aujourd'hui encore, il était là. Molo le redoutait déjà moins. La semaine dernière, Georges l'avait mis en garde : « Les anticyclones donnent le cancer, mon vieux, ils l'ont dit. » Au dixième jour caniculaire de ce mois de mai, toujours dans une forme rayonnante, il commençait à en douter. Par précaution, il traversa tout de même la rue en courant.

De petits chiffres à peine rouges s'imprimèrent de travers sur le rouleau de la calculatrice. Ganglion eut une bouffée de chaleur. Il n'y avait presque plus d'encre, mais en clignant des yeux il parvint à déchiffrer le total. Pour la troisième fois, il reprit ses calculs.

Les yeux rivés sur le grand néon qui agonisait en clignotant, Molo attendait qu'on lui dise quoi faire. De la matinée, il n'avait pas encore vu son patron qui s'était enfermé dans son bureau avant son arrivée et n'en était toujours pas ressorti. Depuis que l'entreprise partait à la dérive, les rythmes de travail convenaient mieux à Molo car il préférait mille fois l'ennui à la conversation des morts. Il était arrivé dans l'entreprise peu de temps avant son déclin, mais il avait tout de même connu l'époque où les affaires marchaient et il en gardait un souvenir assez pénible. Sa grande émotivité, qu'il avait du mal à contenir, lui avait souvent rendu la tâche difficile. Plus d'une fois, au cimetière, il avait présenté ses condoléances larmoyantes à toute la famille et s'était laissé aller à embrasser des veuves inconnues qui sous leurs voilettes avaient des yeux moins rouges que les siens. Il lui était même arrivé, épuisé par les heures supplémentaires, de perdre connaissance et de s'effondrer dans la tombe devant l'assemblée atterrée. Aujourd'hui, pour tout l'or du monde, il n'aurait pas voulu revivre de période faste comme il en avait connu. Par insouciance ou par optimisme, il ne s'était jamais vraiment inquiété ; si la société devait faire faillite, il trouverait bien autre chose à faire. Chaque jour qui passait où rien ne se passait, il rentrait chez lui plus serein que la veille et s'endormait heureux, persuadé de faire, maintenant, le plus beau métier du monde, celui d'attendre à longueur de journée que les gens ne meurent pas.

Il était presque midi lorsque Georges arriva. Sur les conseils de Ganglion, il était allé chez le médecin consulter pour un aphte et prendre des nouvelles de la santé des villageois par la même occasion. Molo l'accueillit en souriant :

— Ça va, Georges ?

— On fait aller. Du monde ?

— Non, personne...

Ils furent interrompus par un grand bruit sourd venu du bureau du fond. Ganglion apparut. La porte coinçait et il s'était jeté contre elle pour l'ouvrir. Il s'approcha de ses employés sans penser à les saluer et s'adressa à Georges :

— Alors ?

— C'est rien, il faut faire des bains de bouche, c'est tout.

— Je ne te parle pas de ça. Chervolin, comment ça va ?

— Stationnaire.

— Je m'en doutais. On s'en sortira pas, c'est sûr, on passera pas l'été...

Et il sortit de la boutique pour respirer un peu.

— Il avait déjà dit qu'on passerait pas l'hiver, fit Molo, désinvolte.

Georges haussa les épaules. Si près de la retraite, il n'avait plus vraiment de soucis à se faire, mais s'il devait vivre le dépôt de bilan, il regretterait tout de même, après toutes ces années, de voir sa carrière s'achever ainsi. Ganglion rentra et retourna directement à son bureau. Il allait s'enfermer lorsqu'il remarqua le néon qui tentait désespérément de s'allumer.

— Éteins-moi ça, Molo ! si tu ne veux pas que je déduise la facture d'électricité de ta paye.

Puis il claqua la porte en s'accrochant à la clenche de tout son poids. Georges et Molo se regardèrent. La porte se rouvrit aussitôt dans le même fracas, et Ganglion réapparut.

— Et la vitrine, c'est moi qui vais la faire, peut-être ?

Il referma la porte. La calculatrice obsolète grésillait déjà. Il s'était replongé dans ses classeurs obèses qui lui dégueulaient toutes ses factures impayées à la figure. La poussière, Molo l'avait faite hier, avant-hier, et les jours d'avant. Il la faisait tous les jours depuis un certain temps. Il n'y avait plus que ça à faire. Il se leva en secouant la tête et s'en alla chercher son nécessaire à poussière.

Les cloches de l'église ne sonnaient plus. Elles s'étaient tues un vendredi saint, comme le voulait l'usage, mais le jour de Pâques, elles étaient restées muettes et n'avaient jamais plus sonné depuis. Chaque jour avec moins de patience, le curé attendait en vain le spécialiste de Rome qu'on avait promis de lui envoyer.

À la messe du dimanche, malgré ses formidables talents d'orateur et tous ses efforts pour rendre les célébrations captivantes, les fidèles s'ennuyaient, cela crevait les yeux. Le jeu apocalyptique du vieil organiste sourd les réveillait à la fin, et ils rentraient chez eux, lassés de ces consécrations toujours aussi peu spectaculaires. Le curé en perdait l'amour du sacerdoce.

Sur le parvis, un chien se machouillait les tétines. Ce devait être une chienne. Un morceau de tuile acéré lui vola dans les reins. Elle détala en glapissant.

III

Dans la vitrine inondée du soleil de midi, une sève trouble suintait des roses artificielles et tombait goutte à goutte sur des regrets éternels. Molo avait quitté ses sandales de plastique transparentes et s'était collé la plante des pieds contre les tiroirs du bureau en métal, pour se rafraîchir. « Quand j'aurai le temps, il faudra que je me coupe les ongles des pieds. » Il attrapa la bouteille d'eau posée devant lui, et aspergea le linoléum gris qui se gondolait au pied de la porte vitrée, puis il s'effondra à nouveau dans le grand fauteuil à roulettes. Une délicieuse odeur embaumait toute la pièce : des raviolis, qu'il avait acheté ce matin avec Georges chez cet épicier ambulant venu d'on ne sait trop où, qui réchauffaient à feu doux dans l'arrière-boutique. Au plafond, les immenses pales immobiles du ventilateur devenaient obsédantes. Depuis le début des grosses chaleurs, sous son pantalon étriqué de Tergal noir, Molo portait chaque jour son maillot de bain. Il envisagea, l'espace d'une seconde, de se mettre à l'aise, mais Georges recevait un client et ils risquaient de réapparaître d'un moment à l'autre. D'ailleurs, ce n'était pas vraiment un client, car malgré la canicule les villageois se portaient toujours aussi bien, et l'entreprise de plus en plus mal. Ce n'était que la doyenne, venue pour une simple consultation.

Tout avait commencé le mois dernier, le jour où, en l'absence de son médecin, elle était venue sur la pointe des pieds, avec l'espoir de trouver, ici, quelqu'un pour la convaincre qu'elle était bien vivante. Soucieux de préserver d'excellentes relations avec elle, Ganglion n'avait pas su refuser et il avait demandé à Georges de la recevoir. Elle était repartie enchantée et tout à fait rassurée, en se jurant de ne plus remettre les pieds chez son médecin qui n'y connaissait rien. Au grand désespoir de Ganglion, depuis, régulièrement, elle revenait à la boutique chercher l'avis d'un spécialiste plus au fait des symptômes complexes d'une vie finissante.

— Alors, monsieur Georges ?

— Rien de grave, on ne va pas vous garder pour si peu. Vous nous enterrerez tous, madame Tirmarche.

— Vous êtes gentil, mais qu'est-ce que c'est alors ?

— Je ne sais pas vraiment, mais quelle importance ? puisque ça va. Vous savez, nous n'avons pas le même point de vue que nos confrères médecins, pour nous tout est plus simple ; soit tout est blanc, soit tout est noir.

— Ah...

— Voilà, madame Tirmarche, à la prochaine.

Il ouvrit la porte et d'un geste du bras, il invita la vieille femme à quitter le bureau. Tout en avançant lentement vers la sortie, elle plongea sa main dans la poche de son tablier et tenta difficilement d'en sortir quelque chose. Elle s'arrêta devant Georges, et en tirant encore de toutes ses forces, elle parvint enfin à casser le fil de la doublure qui s'était accroché à son porte-monnaie. Elle l'ouvrit, fit sauter les pièces qui dormaient au fond, et en les faisant briller à la lumière, elle reconnut celle dont elle voulait se séparer. Elle la glissa pudiquement dans la main de Georges. Il esquissa l'air gêné de circonstance et empocha son pourboire au mépris des recommandations de son patron, qui avait pourtant été très clair à ce propos et avait strictement défendu à ses employés d'accepter le moindre centime de la doyenne. S'il devait faire faillite, ce serait « la tête haute et sans l'obole de personne ».

— Merci bien, madame, après vous...
— Ça sent bon chez vous.
— Ah, mais on ne se laisse pas aller, vous savez.
Comme l'avait exigé Ganglion, il la raccompagna jusqu'à la porte de derrière, par où elle était arrivée, afin que ses visites soient les plus discrètes possible. En passant à côté du réchaud, il jeta un œil dans la casserole et coupa le gaz. Tout avait attaché. Il lui ouvrit la porte et elle sortit en le remerciant encore.
— Attention à la marche.
Elle se retrouva dans une petite cour, dont le vieux béton fendu de partout ressemblait à un puzzle, traversé par toutes sortes d'herbes curieuses. Jamais elle n'avait vu de mauvaises herbes aussi mauvaises, aussi pleines de fantaisie ; et elle s'y connaissait, car c'était une redoutable arracheuse de mauvaises herbes. Chez elle, chaque matin dès l'aube, au milieu de son potager qu'elle n'avait plus la force de cultiver, elle veillait à ce que rien ne pousse. Elle eut du mal à contenir l'irrésistible envie de les arracher une à une, et elle ne put s'empêcher de se baisser sur son passage pour déraciner les plus arrogantes. Elle prit l'allée étroite qui traversait le jardin entre deux bordures ondulées, couvertes de mousses et de lichens bleutés. Elle osa à peine regarder sur les côtés. Dans les herbes folles qui

avaient tout envahi, dormaient de vieux légumes oubliés. Tout près du cadavre desséché d'un merle dégoulinant de fourmis, de petites fraises chaudes mollissaient au soleil. Sous une feuille de rhubarbe, un œuf de Pâques délavé attendait encore un rire d'enfant ou l'éclosion. C'était l'anarchie. La jungle. Angoissée par le désordre végétal, elle pressa le pas et sortit en grinçant par la porte en fer au bout du jardin.

— Tiens, remets-en une, Jules.

Ganglion aspira d'un trait l'eau-de-vie tiède. En fermant les yeux pour mieux savourer la brûlure de l'alcool, le temps d'une gorgée, il oublia l'offense de la vieille et but à sa santé. Comme toujours, lorsqu'elle arrivait, contraint de céder son bureau pour la consultation, il désertait la boutique et s'en allait au café, ravaler sa fierté cul sec. Il avait eu du mal à accepter ce détournement d'activité, qu'il vivait un peu comme une provocation, mais il s'était fait une raison en préférant considérer la chose comme un service pré-vente.

Dans l'arrière-salle, les joueurs de cartes transpiraient.

— Nom de Dieu, qu'est-ce qu'il fait chaud.

— Plus chaud qu'hier.

— Belote...

« Pourvu que ça dure, songea Ganglion,

pourvu que ça dure. » L'été qui s'annonçait torride était son dernier espoir.

Les nuits trop chaudes, Jules dormait mal. Il pensait. Et à l'idée que les enfants de l'étang manquaient l'école par sa faute, il était effondré, lui qui n'avait jamais su ni lire ni écrire.

Le Quatorze Juillet, entre chien et loup, une lumière rouge éclata dans le ciel, redescendit en glissant avec une infinie prudence, et s'éteignit. Un bouquet final comme un signal de détresse.

IV

Il n'existait pas de fille plus belle que Delphine, la fille du bedeau. Molo en avait déjà vu de très jolies dans les magazines, mais pas comme Delphine. Et aucune ne sentait aussi bon que Delphine. On parlait d'elle, on l'imaginait, on la supposait, mais rares étaient ceux qui l'avaient approchée. Son père, le cerbère de son illusoire virginité, la séquestrait « pour pas donner de la confiture aux cochons ».

Le samedi soir, dans la mousse vanille-coco de son bain brûlant, elle regardait ses doigts se friper, et ses seins tranquilles émerger comme deux îles patientes. Lorsque tout le monde dormait, elle sortait sur la pointe des pieds et attendait au coin de la rue. Le corbillard silencieux arrivait en roue libre, tous feux éteints. Delphine montait, Molo démarrait et ils s'en allaient. Juste à la sortie du village, ils prenaient un petit chemin de terre et s'enfonçaient un peu plus loin dans l'obscurité. Et là, elle soûlait Molo de cannelle, de patchouli, de jasmin et de sueur, en décorant la nuit de ses plus beaux soupirs. Avant de repartir, Molo lui parlait. Elle se taquinait les lèvres avec une épingle à cheveux, mais elle ne l'écoutait pas et ne répondait jamais. Elle n'était pas fâchée, juste sourde et muette. Et comme ils ne se rencontraient que dans la pénombre, elle ne lisait rien d'autre sur ses lèvres que ses baisers maladroits. Souvent, aussi, à la lumière jaune du plafonnier, ils jouaient à deviner la couleur de leurs yeux.

Une nuit d'orage, ils s'aventurèrent sur le même sentier, un peu plus loin peut-être. Il avait plu toute la journée, le chemin ruisselant était à peine praticable et Delphine avait son soutien-gorge le plus compliqué. Sur le chemin du retour, Molo roula dans une ornière et s'enlisa dans la boue. Sous les regards intrigués d'une vache insomniaque, il ne parvint qu'à s'embourber davantage, et ils durent abandonner le corbillard échoué entre les pâturages. Ils rentrèrent à pied sous une pluie battante. Delphine sentait bon le chat mouillé.

Comme on le lui avait demandé, la doyenne n'avait parlé à personne du traitement de faveur qui lui était accordé. À personne. Mais à Saint-Jean, tout se savait. Et tout se sut. D'autres vieillards étaient arrivés au magasin en tournant autour du pot, et il avait été impossible à Ganglion de leur refuser ce qu'il avait déjà concédé à l'une d'entre eux. De peur de les perdre tous, il avait accepté que Georges les reçoive, eux aussi. Ses examens menaient toujours au même diagnostic et ils s'en réjouissaient.

En attendant août, le mois des grands départs, Ganglion rinçait son ulcère à l'alcool blanc. Son anxiété se transformait en patience féline. Depuis peu, il abordait la situation avec une sérénité déconcertante. Il s'était même mis à faire de la prospection téléphonique. « Chez Ganglion & fils, on n'enterre pas, monsieur, on encielle. Et pour les couronnes, on est bien moins cher que les dentistes, croyez-moi. » Mais la méthode était délicate, et malgré tout le tact dont il usait, devant l'accueil qui lui était fait, il finissait souvent par insulter ses interlocuteurs avant de raccrocher. Parfois, son doigt hésitant dérapait sur les colonnes de l'annuaire et il lui arrivait de rappeler la même personne, qu'il insultait à nouveau, en se tordant de rire. Georges et Molo commençaient sérieusement à se faire du souci.

Sur le parvis, un vieux chien pelé se léchait le cul sans conviction. Il ressentit soudain un choc terrible. Il fut essoré et dégueula sa pâtée du midi. Sa décontraction lui avait valu un magistral coup de pied au flanc. Plus calme, le curé continua vers le presbytère.

Ce jour-là, la prune était un peu plus forte, ou le soleil un peu plus chaud. Soûlé par la rengaine de Jules, Ganglion s'était assis en terrasse et se laissait bercer par le bourdonnement lancinant d'insectes invisibles. Nonchalamment, il ramassa une poignée de gravillons, qu'il essaya de jeter un par un à travers le trou au milieu de la table. D'ailleurs si l'endroit s'appelait le « Café du Soleil », ce devait être parce qu'il n'y avait pas de parasols. Avachi sur sa chaise, il ratissa le sol d'une main pour ramasser d'autres petits cailloux, jeta un regard pesant en direction du magasin, et continua son jeu. Cela faisait presque deux heures qu'elle était là et que son employé s'occupait d'elle. Les vieux abusaient tant qu'ils pouvaient de sa bonne volonté et de ses moments d'ivresse.

La situation dégénérait.

— Ils abusent vraiment de ma bonne volonté.

— Ça vous fait quel âge, maintenant, madame Tirmarche ? lui demanda Molo.

Elle parut embarrassée et dut réfléchir :

— ... Quatre-vingt-dix-sept, ou... soixante-dix-neuf... Je ne sais plus trop bien.

— Vous ne les faites pas en tout cas.

— Bien court derrière, hein ? s'inquiéta la doyenne en tournant brusquement la tête vers Molo.

— Mais oui, bien court, mais bougez pas surtout, j'y arriverai pas si vous bougez tout le temps.

La vieille femme était si maigre et avait le cou si fin, que Molo redoutait, à chacun de ses soubresauts, de lui trancher la tête d'un coup de ciseaux maladroit.

— Il faut tout de même que je respire.

— Alors respirez, mais une bonne fois pour toutes.

Ils parlèrent de la pluie et du bon vieux temps, de l'été dernier, qui avait été doux, de cet été-là qui était rude, et du prochain, qui ne le serait peut-être pas. Elle décrivit à Molo le calvaire de sa vie de doyenne, qu'on félicite à chaque inspiration, qu'on guette à chaque expiration. Certains, même — elle savait qui —, en voulaient à ses jours, car il leur tardait de prendre sa place pour profiter des honneurs de son rang. Molo se laissa émouvoir, et tout en lui dégageant la nuque, il lui remonta le moral.

Lorsque Ganglion levait son bras, sans se retourner, et cognait son verre vide contre la vitrine, Jules sortait, la bouteille à la main, soupirait en regardant le ciel sans nuages, et faisait couiner le bouchon.

Ganglion s'étonna du fait que plus il s'exerçait, moins son geste devenait précis. Enflée par l'alcool et le soleil, sa peau cramoisie distillait une sueur acide qui lui brûlait le visage et lui piquait les yeux. Lorsqu'il ne parvint plus à faire passer un seul gravillon par le centre de la table, et qu'il n'en eut plus qu'un dans la main, il se lança un défi : « Si je réussis, je traverse et je la mets dehors. Si je rate, je reprends un verre. » Il s'appliqua, mais le gravillon rebondit sur le guéridon en métal et tomba à ses pieds. Son regard se figea. Il avait déjà oublié. « Qu'est-ce que j'ai dit ?... Si je rate, je reprends un verre ou si je rate, je la mets dehors ?... J'ai dit... si je réussis, je traverse. Non. Si je réussis, je reprends un verre. » Une voix familière résonna dans sa tête : « Dans le doute, abstiens-toi. » « S'abstenir de quoi ? songea-t-il, de reprendre un verre ou de la mettre dehors ? » Toute sa vie, il s'était laissé guider par cette voix intérieure qui dans les moments difficiles lui déclamait des proverbes imbéciles, qu'à chaque fois il avait suivi à la lettre. Cette voix impérieuse, qu'il avait toujours considérée comme un don précieux, convaincu qu'elle devait être celle du Saint-Esprit ou d'un ange bienveillant, pour la première fois, il la méprisa. Il tira un mouchoir de sa poche, essuya ses mains poussiéreuses et s'épongea le front. Il n'avait pas encore digéré qu'à son insu les vieux aient transformé son commerce en cabinet médical ; il se jura que lui vivant, ils n'en feraient pas un salon de coiffure. Il vida son verre en savourant la dernière goutte, se leva prudemment et traversa la rue vertigineuse.

Molo souffla jusqu'à s'en étourdir, dans les oreilles et sur le nez de la doyenne pour en décoller les petits cheveux. D'un geste élégant, il retira sa veste qu'il lui avait nouée par les manches autour du cou en guise de blouse. Il était assez fier de son travail qui avait redonné à la vieille femme comme des allures d'oisillon, mais pour en juger, elle devrait attendre, car ici, il n'y avait pas de miroir ; les seules surfaces réfléchissantes étaient celles de ces petites plaques de marbre, et il était peu délicat de lui proposer un aussi sombre reflet. Après avoir longuement remercié Molo, comme à son habitude, elle lui tendit une petite pièce. Comme toujours, il refusa tout net.

— Il n'en est pas question !

— Mais si, voyons !
— Non, vraiment, je ne peux pas accepter.
— Vous allez me fâcher !
— Vous exagérez.
— Mais non.
— Mais si.
— Merci.

Ganglion fit irruption dans la boutique. Il s'emporta, et la doyenne dégringola les trois marches du perron.

Sur le parvis, deux chiens forniquaient, un peu tendus, pas vraiment tranquilles. *Coïtus interruptus.* Ils furent séparés à grands coups de trique. La chienne, encore étourdie, n'eut pas le temps de mordre et elle se retrouva au fond d'un sac. Le mâle s'obstina à vouloir se finir en s'accrochant à la jambe du bedeau, mais il abandonna et dut s'enfuir pour sauver sa peau, terriblement frustré. Le bedeau jeta son sac en toile de jute par-dessus son épaule et se dirigea vers le presbytère. « Un sur deux, ce n'était pas si mal. Monsieur le curé ne serait pas mécontent de lui. »

— Vous savez qu'il n'y a pas de chiens en Chine, Wintz, dit le curé en prenant le sac gigotant que lui tendait le bedeau.
— Ah bon ? Non, je ne savais pas.

— Il n'y en a plus, ils les mangent, là-bas.

— Mon Dieu !

— Laissez Dieu en dehors de tout ça, voulez-vous ?

Le curé déposa le sac dans la pièce d'à côté.

— Et les Pékinois ? reprit le bedeau.

— Ne jouez pas au plus malin avec moi, vous ne m'amusez pas.

Wintz baissa les yeux.

— Je ne cherchais pas à être drôle.

Le curé posa sa main dans son dos.

— Je ne vous retiens pas, j'ai du travail.

— Je ne vous l'ai pas dit, mais je n'ai eu que la femelle.

— J'avais bien remarqué qu'il n'y en avait qu'un.

— Vous pensez pouvoir en tirer quelque chose ?

— Elle avouera, Wintz, je vous le garantis, même si je dois y passer la nuit.

— Je vous fais confiance.

Le prêtre raccompagna le bedeau jusqu'à la porte.

— Je ne vous ai jamais dit que je voulais être missionnaire en Chine ?

— Non, je ne crois pas, s'étonna le bedeau, surpris de cette confidence.

— L'évêque a toujours considéré que j'étais plus utile à Saint-Jean, que voulez-vous ?

— C'est que c'est très loin...

— C'est un pays fascinant, une civilisation supérieure, c'est incontestable. Les Chinois sont de savants tortionnaires. J'irai, un jour, c'est sûr. Quand l'évêque sera mort.

— Vous nous manquerez, monsieur le curé.

— N'en faites pas trop, je n'y suis pas encore.

Le soir même, après la fermeture, pris de remords, Ganglion partit à l'église, prier pour que la doyenne s'en sorte. Il promit qu'il ne boirait plus, et à tout hasard, il demanda que les affaires reprennent. Lorsqu'il voulut allumer un cierge pour valider ses prières, il fut sidéré en découvrant le prix affiché. « Cent francs, le cierge. » En imposant de tels tarifs, le curé s'assurait que les paroissiens trop peu motivés n'obtiennent rien du ciel, que ceux qui demandaient tout et n'importe quoi ne le demandent plus, et que ceux qui remerciaient le fassent avec un peu plus de gratitude. Ganglion fouilla ses poches, outré, mais n'en sortit qu'un tout petit peu de monnaie. « Peu importe, songea-t-il, Dieu n'était pas à cent francs près, ou alors tout était fichu. » Il fit tinter le tronc avec quelques pièces jaunes, et comme aucun cierge ne brûlait, il en alluma un avec son briquet. Il profita de sa flamme dérobée, quelques secondes, puis il se signa et s'en alla.

Dans le chœur, le bedeau, occupé à fleurir l'autel, avait assisté à la scène d'un œil discret. Dès que Ganglion eut disparu, il s'empressa d'aller confirmer ses soupçons. En ouvrant le tronc, il vit que le compte n'y était pas, loin de là. Il souffla le cierge et le remit à sa place.

Pendant que l'huile s'écoulait sous le corbillard, Molo s'assit à l'ombre, contre la roue. Il s'était assis sur le chemin d'une fourmi. Une fourmi noire, qui trimballait un cadavre recroquevillé sur son dos. Une collègue. Il se sentit proche d'elle, il éprouva le troublant désir de devenir l'ami d'une fourmi. Pour faire connaissance et lui éviter tout détour épuisant, il permit qu'elle lui passe sur le corps, et sans faire un pas, en la suivant du regard, il l'accompagna jusqu'à l'autre côté de lui-même, puis ils se séparèrent. Il remarqua une petite brûlure à sa main.

— Putain de fourmi !

Un mois plus tard, au-delà de toute espérance, la doyenne trottait déjà à travers le village, de maison en maison, d'un biscuit sec à l'autre.

Depuis l'incident, ni elle ni aucun autre vieillard n'avaient plus remis les pieds à la boutique. Ganglion savait qu'ils ne lui pardonneraient pas.

Il sortit sur le pas de la porte. En face, Jules rentrait sa terrasse. Il lui fit un signe de la main.

D'ici à la Toussaint où il vendrait quelques plaques et des fleurs, il n'avait plus rien à attendre.

L'été l'avait trahi.

VI

C'était une grande maison loin de tout, à mi-chemin entre Saint-Jean et ailleurs. C'était à l'aube, à l'heure où les brumes hésitent entre ciel et terre. Et derrière les fenêtres déjà éclairées, les ombres paraissaient plus noires.

Le médecin vint constater. Il était mort avant l'âge, avant l'âge de mourir.

— Je vous dois combien, docteur ?

— Rien, pour un constat de décès. Question d'éthique. Diagnostic trop facile...

À genoux à l'arrière du corbillard, Molo passait l'aspirateur. Des moutons paniqués se réfugiaient dans les recoins contre de vieux pétales enroulés. Une épingle à cheveux disparut dans un cliquetis métallique. Finie la belle vie.

Un break blanc aux ailes mastiquées ralentit à hauteur du magasin et s'arrêta un peu plus loin, de l'autre côté de la rue. Molo coupa l'aspirateur et regarda qui arrivait. C'était un couple d'un certain âge, ceux qui venaient de téléphoner, sans doute. Ils tardèrent à descendre, puis finalement, elle mit un pied dehors, juste dans une petite flaque. Elle se ravisa et referma la portière. Il redémarra et recula un peu pour lui éviter de marcher dans l'eau. Ils descendirent tous deux, avec des gestes lents et superflus, en s'accrochant à chaque seconde, en posant des regards vides sur des détails insignifiants. Il fit le tour du véhicule et vérifia qu'il avait bien fermé les portes. Elle l'attendit. Derrière les vitres teintées du corbillard, Molo ne les quittait pas des yeux. Ils traversèrent la rue, bras dessus, bras dessous, et s'arrêtèrent devant la vitrine. Ils allaient entrer, lorsque, dans une ultime dérobade, il eut un doute et retraversa pour s'assurer encore que leur voiture était bien fermée. Elle ne l'attendit plus cette fois, elle poussa la porte, et le tintement cristallin du carillon lui donna l'illusion, l'espace d'une seconde, qu'elle entrait pour demander une baguette bien cuite.

Il y aurait un petit enterrement à Saint-Jean. Après le cimetière, on mangerait de la viande froide au « Soleil », et la « Réserve du Patron » nous laverait des odeurs de camphre et des parfums d'encens. Vanille-pistache au dessert et chacun rentrerait chez soi, noyer son chagrin dans deux gouttes de collyre.

Ganglion avait été exaucé, mais il avait su garder la tête froide. Si ce défunt tombé du ciel lui permettrait au moins de calmer ses créanciers les plus pressants, il savait bien qu'il en faudrait plus d'un pour que les affaires reprennent. Il attendait beaucoup de la loi des séries.

Au coin de la rue, quelques personnes s'étaient rassemblées, et regardaient en direction des toits d'en face. Un chat désespéré s'était pendu à une antenne.

Molo resta un long moment immobile à observer le visage de l'homme, dans l'espoir d'un signe, même infime. À guetter des battements de cils improbables, la dilatation d'une narine ou de quelconques crispations, il perdit un temps précieux, et fut contraint d'engager une lutte acharnée avec le client tout raidi par l'attente. Le résultat fut déplorable.

— Du travail de cochon ! lui fit remarquer Georges.

Et tant bien que mal, il rattrapa la sauce. Les morts n'avaient plus rien à lui dire, ni rien à lui cacher ; il ne rêvait pas, lui, il s'activait. L'homme se retrouva en costume du dimanche, un jour de semaine. Sa cravate en cuir à touches de piano faisait un peu fausse note, mais tant pis.

— C'est le mauvais goût qui l'aura tué, fit Georges en ricanant.

— Je trouve ça plutôt gai, moi.

— Ça ne m'étonne pas.

Le funérarium, c'était dans les anciens vestiaires du club de foot. C'était pour cela qu'il y avait tous ces portemanteaux et autant de place pour s'asseoir. Derrière une grande tenture noire, on avait caché la salle des douches. Les deux jours qu'il passa là-bas, il eut beaucoup de visite. Ils vinrent tous pour voir si sa tête leur disait quelque chose, et ils repartirent déçus.

Le second soir, lorsque Molo vint fermer le local, alors qu'il soufflait les cierges autour du cercueil, un petit gros apparut tout nu de derrière la tenture en sifflotant, une serviette pardessus l'épaule, un savon dans la main. Molo poussa un cri. Sa voix résonnait encore entre les murs, et déjà, il ne vit plus personne. Les émotions de ces derniers jours l'avaient fatigué plus qu'il ne le pensait.

Le matin des obsèques, Molo se réveilla en sursaut. Sa montre n'avait pas sonné. Il la chercha sur la table de nuit, par terre, partout, sans la retrouver. Il devait être en retard. La journée commençait bien.

Selon la volonté du couple, après la messe à Saint-Jean, le défunt serait inhumé au cimetière de Bréhau, où reposait la famille. Comme la route serait longue jusque là-bas — ce qui plaisait à Ganglion pour la facturation — et que la nuit tombait vite en cette saison, la cérémonie avait été fixée au matin.

Ce fut une petite messe sans orgues et sans chorale. Une petite messe froide et humide, mauvaise pour les rhumatismes, mauvaise pour les hémorroïdes. Quelques villageois vinrent parce qu'ils s'ennuyaient, d'autres par curiosité, d'autres encore pour que, le jour venu, on leur rende la politesse. La doyenne insista sur sa présence, d'une toux sèche. La tante se retourna et vit qu'entre elle et les gens assis au fond, tous les bancs étaient vides, personne n'était venu. Elle resta impassible. Les calmants dont elle s'était gavée ces derniers jours lui donnaient l'impression d'évoluer dans un cocon de douleur sourde, mais supportable, d'où elle ne percevait qu'une réalité molle. Hypnotisé par les oscillations de l'encensoir, sous l'effet des mêmes tranquillisants, son époux s'était assoupi. De l'autre côté, « Ganglion & fils » au grand complet se tenait au premier rang, la casquette entre les mains, l'air presque coupable.

Le curé ne connaissait pas le défunt, il n'eut rien à dire à son sujet, pas même une petite phrase gentille pour la route. Un enfant de chœur se prit les pieds dans le tapis et renversa la moitié du bénitier sur les pieds du prêtre. Au son des clochettes, tout le monde s'inclina, et Molo tourna la page. Georges remarqua alors que son collègue portait encore ses sandales de plastique, sous lesquelles il avait tout de même mis une paire de chaussettes. Il lui donna un coup de coude discret et lui montra ses pieds d'un signe du menton.

— Je ne retrouve pas mes chaussures noires, lui murmura Molo à l'oreille.

Dans l'église presque vide, leur requiem s'évanouit entre les pierres.

Sur le parvis, le chien attendait la sortie du cortège, parce qu'on jetterait du riz, et qu'il trouvait ça joli. Lorsque les portes s'ouvrirent enfin et qu'il les vit apparaître, il se leva tout content en remuant la queue. Derrière le curé et les enfants de chœur, sous le cercueil qui tanguait, Ganglion et Molo marchaient à l'avant, et Georges, seul à l'arrière, en apnée. L'oncle et la tante suivaient, et le bedeau fermait la marche. Ils avançaient vers le corbillard, à petits pas, en raclant le sol des pieds, lorsque Ganglion se rendit compte que les portes du fourgon étaient fermées. Il abandonna ses employés et se précipita devant le cortège pour les ouvrir. Écrasés par le cercueil, Georges et Molo continuèrent à avancer. Tous les muscles de leurs corps se tétanisaient. Ils s'arrêtèrent pour changer de prise, et Molo parcourut les derniers mètres à reculons, les ongles plantés dans le bois verni qui glissait tout doucement entre ses mains moites. Ils ne portaient plus le cercueil que comme une simple caisse, à bout de bras, à hauteur de la taille. Ils s'arrêtèrent devant leur patron qui avait l'air furieux, sans comprendre pourquoi il n'avait toujours pas ouvert les portes. Ganglion s'efforça de conserver un ton de circonstance :

— Elles sont fermées à clef.

Molo ne réagit pas d'abord, puis il réalisa qu'il y était pour quelque chose :

— Je crois qu'elles sont dans ma poche, dit-il d'une voix honteuse, à peine audible.

— On pose ! fit Georges à bout de forces.

Et ils déposèrent le cercueil à même le sol, au pied du fourgon. On entendit des chuchotements, le bedeau marmonna quelque chose à l'oreille du curé, un souffle d'indignation passa sur le cortège. Molo fouilla rapidement ses poches, sans succès, puis il se mit à les retourner nerveusement, une à une. Une pluie de miettes et quelques confettis tombèrent sur le cercueil, comme un air de fête sur le bois sombre.

— Je les ai mises dans ma poche pourtant, j'en suis sûr...

Les secondes de silence qui s'écoulèrent pesèrent autant sur les épaules de Ganglion que tout le marbre de sa carrière. Il croisa le regard de la tante, s'approcha d'elle et engagea la conversation avec la première idée qui lui traversa l'esprit.

— Ça va, madame ?

Elle acquiesça d'un petit signe de la tête.

— Vous avez des animaux, madame ?

Elle inspira profondément.

— J'avais un chat, mais il est mort.

— Excusez-moi, je ne savais pas...

« Être ce chat, qui ne connaissait plus le ridicule ni la honte, songea Ganglion, maintenant, être cet animal déjà pourri et ne plus avoir à rougir de rien, par pitié. » Dans son dos, Molo s'était remis à fouiller ses poches, l'une après l'autre.

— C'est la loi des séries, reprit Georges, pour venir en aide à son patron.

— La loi des séries, répéta Ganglion. Oui, c'est ça, malheureusement...

Puis il se tourna vers Molo et lui ordonna de filer à la boutique pour y chercher un double des clefs. Molo obéit et partit vers le magasin. Au bout de quelques mètres, il revint vers eux en courant.

— Je les ai ! Elles sont là ! J'ai un trou dans la poche de ma veste, elles étaient tombées dans la doublure.

Ganglion lui arracha les clefs des mains, et sans dire un mot, il s'empressa d'ouvrir la porte. Ils embarquèrent le cercueil, puis ils se rassemblèrent tous derrière le fourgon pour organiser le convoi. Ganglion ne serait pas du voyage, il ne pouvait se permettre de fermer la boutique tout un après-midi. Si quelqu'un téléphonait ou passait aujourd'hui, ce qui était très probable à cause de la loi des séries, il fallait absolument qu'il soit présent pour ne pas risquer de perdre un seul client. Heureusement, le bedeau, qui venait pour assister le curé, avait accepté de donner un coup de main au cimetière. Molo le dévisagea longuement. Il pensait à Delphine. « La nature est bizarrement faite, songea-t-il. Aussi laid est le père, aussi belle est la fille. »

— Quelque chose ne va pas, jeune homme ?

Molo détourna le regard.

Ganglion s'excusa encore pour « ces petits problèmes techniques », et pour prouver sa bonne volonté, il fit comprendre à ses clients qu'il leur ferait un avoir ou une petite remise. Il ajouta d'un ton confidentiel :

— Je vais m'en occuper tout de suite.

Puis il les salua et partit à pied vers le magasin.

Molo prit le volant, comme toujours, car à cause de son œil en verre, Georges préférait ne pas conduire. Le corbillard démarra, traversa lentement la place de l'Église, puis s'engagea dans la rue Principale en traînant derrière lui la vieille Ford blanche, dans laquelle Wintz et le curé avaient pris place à l'arrière. Le chien fermait le cortège en trottant derrière eux, touché par la prévenance des humains qui avaient su adapter l'allure du convoi à ses ressources de vieux bâtard aux pattes trop courtes. En entendant le cliquetis de ses griffes sur l'asphalte, le curé se retourna. Et tout en courant, le chien se demandait quand est-ce qu'enfin on allait jeter du riz.

Cent mètres plus loin, à peine, le convoi ralentit et s'arrêta sur le côté, juste devant le « Soleil ». Il avait été décidé, parce qu'il valait mieux prendre des forces avant l'inhumation et parce que Jules fermait tôt, que la petite collation aurait lieu maintenant. L'oncle sortit un *cubitainer* de rouge du coffre et le porta à l'intérieur du café, directement à la cuisine, puis ressortit aussitôt pour chercher la salade de pommes de terre et les tartes que son épouse avait préparées toute la soirée d'hier. Avant de rentrer à nouveau, les bras chargés, il vint frapper avec son coude à la vitre du fourgon.

— Vous voulez qu'on vous ramène quelque chose ?

Molo hésita, d'abord, par politesse, mais avant qu'il ait eu le temps d'accepter, Georges répondit à sa place :

— Non merci, c'est très gentil.

— Bon... Eh bien, à tout à l'heure, dit l'oncle. Je ne pense pas que nous en ayons pour très longtemps.

Puis il rejoignit son épouse qui l'attendait.

— J'ai faim, moi, fit remarquer Molo.

— Moi aussi, répondit Georges, mais ce n'est pas une raison pour accepter.

Lorsqu'ils entrèrent, la table était mise. Le rôti de porc desséché s'étalait en tranches fines sur trois plateaux et n'attendait plus que quelques larmes pour lui donner du goût. Pour ceux qui n'aimaient pas le rôti de porc, il y avait du rosbif. Ceux qui le souhaitaient pourraient avoir du rôti de porc « et » du rosbif, bien sûr. Il y avait aussi de la charcuterie. Trois sortes de jambon : des tranches de jambon blanc, roulées autour d'un cornichon, du jambon fumé et du jambon séché. Des cornichons, il y en avait encore, fallait demander, pas se gêner. Sur deux autres plateaux, il y avait du saucisson à l'ail, du salami, de la mortadelle, et du pâté en croûte. « Ah oui, du pain, j'apporte du pain, allez-y, prenez place. » Dans la foulée, Jules retira les feuilles d'aluminium qui recouvraient encore les saladiers. Il y avait du céleri rémoulade, de la salade de carottes, de la salade de tomates, de la salade verte évidemment, sans oublier la salade de pommes de terre. Pour ceux qui voulaient des betteraves, il y en avait aussi. Deux œufs mayonnaise par personne, c'était prévu comme ça. Il apporta un plateau avec une dizaine de sortes de fromages. Pour les desserts, on verrait plus tard. « Installez-vous, j'apporte le vin. » Jules souffla une seconde et réfléchit à ce qu'il pouvait avoir oublié. La tante se tenait debout en tête de table, le regard fixe, les mains à plat sur la nappe de papier. « Un problème ? Il manque quelque chose ? » Il voulut anticiper : « Les carafes d'eau, je vous les apporte tout de suite, hein... » Mais elle ne pensait pas à ça. Devant la table dressée pour près de trente personnes, elle avait eu comme une bouffée de conscience et venait de réaliser qu'ils ne seraient définitivement que quatre. Elle se tourna vers son époux. « Personne n'est venu, André, tu te rends compte, personne... » Des larmes lui apparurent aux coins des yeux et s'écoulèrent dans les longues saignées qui parcouraient son visage. Son époux hocha la tête et posa sa main sur son épaule. En la consolant, il commençait à se poser une obsédante question : avait-il prévenu la famille comme elle le lui avait demandé ? Il fut incapable de s'en souvenir et eut de sérieux doutes.

Le curé et le bedeau entrèrent. Ils avaient été retardés par le chien, occupés à lui jeter des cailloux. Jules les accueillit : « Restez pas devant la porte, monsieur le curé, laissez entrer les autres. » Dans l'euphorie de ses trente couverts, il n'avait pas encore saisi. Alors l'oncle le prit à part pour lui expliquer qu'il ne viendrait plus personne. Et Jules, très gentiment, lui proposa de lui faire une petite ristourne.

Le prêtre fit une courte prière, ils s'assirent au bout de la longue table et ils commencèrent à manger en silence.

— Un ange passe, dit le curé, au bout de quelques secondes.

Mais avant que quelqu'un ne prononce un mot, il y eut le temps pour que toute une légion d'anges passe et repasse.

La tante grimaça. Le blanc des œufs durs lui donnait la nausée. Elle le sépara du jaune et le déposa dans l'assiette de son mari sans dire un mot. Lui, supportait mal la mayonnaise, à cause de son foie. Il racla soigneusement ses œufs avec son couteau et fit dégouliner la sauce dans l'assiette de son épouse. Tout au long du repas, dans un profond recueillement, ils furent occupés à s'échanger des cornichons contre du gras de jambon, des olives contre des pelures de saucisson, de la gelée contre des croûtes de fromage. Le curé songeait au chien, qu'il avait manqué une nouvelle fois à cause du bedeau, le bedeau mangeait, il ne songeait à rien.

Ils survécurent à la pesanteur du silence et parvinrent au dessert avec une meilleure mine, un peu plus de couleurs, empreints d'une sérénité toute cotonneuse que leur avait donnée le vin rouge. Dehors, les croque-morts somnolaient dans le corbillard.

— Quelle heure est-il ? demanda Georges en bâillant.

Molo dégagea son poignet d'un geste automatique en oubliant qu'il n'avait pas sa montre.

— Je n'ai pas l'heure, c'est vrai. Je crois bien que je l'ai perdue.

— Va voir ce qu'ils font. Si on ne part pas, on ne sera jamais de retour.

Molo s'agrippa au volant, s'étira longuement, puis il donna deux petits coups de Klaxon.

— Ça va les faire venir.

— Je t'ai demandé d'y aller !

Il sortit du fourgon en soupirant et entra au café.

— Excusez-moi, messieurs dames, vous pensez qu'on pourra y aller bientôt ?

— C'est vrai qu'il faudrait y songer, fit remarquer le curé.

— On y va, répondit l'oncle, on y va...

— Asseyez-vous une seconde, dit la tante, vous allez prendre le dessert avec nous, et nous partirons ensuite.

— Je vous remercie, mais...

Elle insista :

— Asseyez-vous là, à côté de monsieur l'abbé.

Soucieux de ne pas la contrarier, Molo s'assit, et Jules lui apporta deux boules de glace, fendues d'une petite gaufrette.

— Et votre collègue ? reprit la tante. Ne le laissez pas tout seul, allez le chercher. Il prendra bien un petit dessert.

« Elle débloque », pensa Molo. Il pesa ses mots pour ne pas la heurter :

— Il n'est pas tout seul, madame, c'est mieux qu'il attende...

Elle sembla réfléchir.

— Un p'tit coup de rouge ? lui proposa l'oncle en attrapant la carafe.

Molo hésita.

— Allons, insista-t-il.

— Un p'tit alors, pour la route.

« La route... se répéta la tante. » Et elle se leva brusquement en surprenant tout le monde.

— Allez, on y va ! La nuit tombe vite.

L'oncle reposa la carafe, sans avoir servi Molo, se leva et enfila son imper. Et sans prendre un café, ni même une prune, sans emporter les restes, sans attendre les casse-croûte que Jules leur préparait pour le voyage, ils partirent comme des voleurs. Molo eut tout juste le temps d'emporter sa gaufrette.

— Je viendrai régler lundi, fit la tante, en passant la porte.

— Y a rien qui presse, madame, y a rien qui presse.

— À lundi, Jules ! lança Molo.

La porte se referma. Jules resta un instant immobile. Il fit le tour du comptoir et s'assit à la grande table désertée. Dans le calme, il se prépara une petite assiette et se servit un verre de vin. Il ne connaissait pas le défunt, lui non plus, mais il but à sa santé.

Le corbillard démarra. Dans le rétro, Molo vit la voiture se dissoudre dans un nuage d'une épaisse fumée blanche.

— C'est le joint de culasse, ça, à coup sûr. Faudra voir ça lundi, faut pas plaisanter avec ça.

Jusqu'à la sortie du village, ils roulèrent au pas, puis Molo accéléra. Le chien abandonna, la langue pendante, juste au niveau du panneau « Saint-Jean » et les regarda s'éloigner. Maintenant c'était sûr, ils ne jetteraient plus de riz. Il leva la patte et pissa contre le pied du panneau. Ici s'arrêtait son territoire. « Les traditions se perdent », songea-t-il.

VII

Ils roulaient depuis vingt minutes à peine, et déjà la campagne leur semblait différente. Jamais ils n'étaient venus jusqu'ici, pour la bonne raison qu'ils n'avaient jamais rien eu à y faire. Ils auraient pu y passer par hasard, à l'occasion, en allant ailleurs, mais ce n'était pas la bonne direction pour y aller. D'ailleurs, quoi foutre ailleurs ? Par là, il n'y avait que Bréhau et de temps à autre, un carrefour d'où partaient, à en croire les panneaux, de petites routes vers des lieux-dits aux noms peu crédibles, et rien d'autre.

Plusieurs fois, depuis leur départ, Molo avait cherché à engager la conversation, mais sans grand succès. Georges parlait peu ; le moins possible. Un peu par lassitude, mais surtout par économie. Il redoutait que les paroles ne repoussent pas, un peu comme les dents, convaincu que si les enfants parlaient à tort et à travers, c'était parce qu'ils avaient encore leurs mots de lait. Lui qui tant de fois s'était heurté au silence des défunts, à leur manque de conversation, il avait fini par comprendre le lien de cause à effet pervers qui existait entre le bavardage et la mort. Pour retarder le plus possible l'instant où ses derniers mots lui dessécheraient les lèvres, il s'était persuadé qu'en parlant peu, en étant bref, il aurait toujours quelque chose à dire, et tant qu'il aurait quelque chose à dire, il vivrait. Sous l'effet du cachet contre le mal des transports qu'il avait pris avant le départ, il finit par s'assoupir.

Lorsqu'il se réveilla, sans doute parce que sa tête vibrait contre la vitre, il eut l'impression de n'avoir fermé les yeux qu'une minute.

— Mais quelle heure est-il ?

Molo haussa les épaules.

— Tu sais bien que...

— Ah oui, c'est vrai. J'ai dormi longtemps ?

— Je ne sais pas, je n'avais pas remarqué que tu dormais.

À la sortie des virages ou au sommet des côtes, le soleil leur éclatait en pleine figure.

— Il fera bientôt nuit, fit Georges. Accélère, ou on n'y sera jamais.

Molo relança le moteur avec un sourire d'enfant.

— J'aurais voulu être ambulancier, moi. L'urgence, toujours l'urgence, c'est ça qui m'aurait plu. Nous, quoi qu'on fasse, on arrive toujours trop tard. Ce doit être pour ça qu'on se traîne, par contradiction, pour bien montrer qu'on n'est pas pressés. Avec un gyrophare, tout serait différent...

— C'est pas le gyrophare qui fait l'ambulance, Molo, c'est la couleur...

— Ce qui est drôle, c'est que je n'ai pas encore vu de panneau. On ne devrait plus être très loin, pourtant.

Surpris par l'accélération du corbillard, l'oncle s'était fait distancer. Le pied au plancher, il parvenait difficilement à recoller au fourgon.

— C'est vrai qu'il ne faut pas traîner, dit-il, le soleil est déjà bas.

Le bedeau se pencha vers lui :

— C'est encore loin ?

— Pas trop, non.

— C'est-à-dire ?

— Je ne sais pas vraiment, cela fait longtemps que nous n'y sommes pas allés, c'est difficile à dire.

— C'est vrai que ça fait longtemps, dit la tante, je ne reconnais même plus la route.

Wintz se renfonça dans son siège, l'air soucieux.

La route se faisait plus sinueuse, il commençait à se sentir un peu bizarre. Autour d'eux, le paysage se creusait d'ombres longues.

— Vous saviez que c'était aussi loin, vous, monsieur le curé ?

Il ne lui répondit pas. Il songeait à ses enfants de chœur. Depuis quelque temps, ils avaient la peau grasse et la voix dissonante. Sous leurs nez poussait un duvet sombre et dense qui commençait à l'écœurer. Lorsqu'ils arrivaient pour la messe, depuis la sacristie, il entendait le couinement de leurs baskets géantes, et leurs rires niais, résonner dans la nef. Ils l'exaspéraient. Tous les sermons qu'il avait beau se faire ne parvenaient plus à l'attendrir. Ces enfants du bon Dieu aux grands yeux naïfs se transformaient insidieusement en adolescents rouges à boutons blancs ; ceux de la pire espèce, car les plus frénétiquement masturbateurs. Il devrait les congédier sans délai.

— Vous me parliez, Wintz ?

Derrière les verres orange de ses lunettes de soleil en plastique, Molo traversait un paysage étrange, embrasé d'une lumière fauve, avec des nuages immenses accrochés à l'horizon, comme si toute la campagne incendiée partait en fumée.

— Je les ai eues pour ma communion.

— On devrait être arrivés, bon sang, s'inquiéta Georges, c'est pas normal.

— Ils doivent connaître la route, ils sont nés là-bas. Si on s'était trompés, ils nous auraient fait signe.

Georges préféra refermer les yeux, ébloui par le soleil et angoissé par la conduite de Molo qui poussait le fourgon jusqu'à lui arracher des hennissements.

Dans la voiture enfumée par le corbillard, le curé s'était mis à fredonner un psaume. L'oncle se retourna.

— Pardon, monsieur l'abbé, vous disiez ?

— Rien, je chantonnais.

Molo avait encore accéléré.

— Ils ont l'air de connaître la route, fit remarquer l'oncle. Tant mieux, parce que j'avais quelques doutes.

Au fil des lignes blanches, qu'il avalait le regard vague, et qui déteignaient sur son visage, le bedeau se sentait de plus en plus mal.

— On est obligés de les suivre d'aussi près ? On pourrait peut-être prendre un peu de distance, avec tous ces virages et leur fumée, je ne me sens pas très bien, pas vous, monsieur le curé ?

— Ça ne me dérange pas.

— C'est qu'ils me coupent le vent, répondit

l'oncle, je préfère leur coller au train, sans ça, dans les montées, j'arriverai plus à suivre. Ouvrez un peu, si ça ne va pas.

Le bedeau soupira et posa une main molle sur le levier de la vitre. Le prêtre interrompit son geste :

— Je préfère que vous laissiez fermé, Wintz. Les courants d'air. Pensez à autre chose et ça passera.

Le bedeau, docile, reposa sa main sur sa jambe.

— Je n'ai rien dit à table, parce que ce n'était pas le moment, fit la tante, mais ce n'était pas de la mayonnaise maison.

— Vraiment ? fit l'oncle.

— J'en suis sûre. Vous n'avez pas remarqué, monsieur l'abbé, comme elle sentait le tube ?

— Ça ne m'a pas frappé, non. J'ai trouvé que tout était bien, à part, si je peux me permettre, cette salade de pommes de terre. Un porc n'en aurait pas mangé. À votre place, je le lui dirais.

La tante regarda son époux du coin de l'œil, mais il fit comme s'il n'avait rien entendu et actionna la petite manette à la droite de son volant. Dans un bourdonnement électrique, deux jets d'eau arrosèrent le pare-brise et les essuie-glaces s'agitèrent quelques secondes en couinant.

Wintz ne bougeait plus un muscle, ne disait plus un mot ; même déglutir lui paraissait insurmontable. La bouche pleine de salive, il n'aspirait qu'à une chose : l'immobilité.

— Routier, ça m'aurait bien plu, aussi. Seul sur la route, seul maître à bord, et toutes ces filles nues dans mon camion... J'aurais bien aimé, ça, routier.

Georges s'était rendormi.

La tante posa sa main sur son ventre.

— Ces dos-d'âne, ça me fait toujours des choses, là...

Et le bedeau capitula. Saisi d'un long spasme, il se jeta en avant en plaquant sa main contre ses lèvres et dégueula un long gargouillis. L'oncle ralentit brusquement. Trop brusquement sans doute. Cette fois, entre ses doigts serrés, jaillirent de petits jets acides, puis il vomit abondamment sous les insultes du prêtre. La voiture s'arrêta. Il resta immobile, la bouche entrouverte, la gorge brûlée, un brin de céleri dans la narine.

— Excusez-moi... Ça va mieux, là...

— C'était à prévoir, fit la tante, vous n'auriez pas dû reprendre trois fois du céleri, y a pas plus lourd que le céleri rémoulade.

— Je suis désolé.

Il sortit et fit quelques pas derrière la voiture

en crachant son amertume. Le curé baissa sa vitre, se pencha au-dehors, et lui lança :

— Vous êtes renvoyé, Wintz. Vous êtes infect. Vous me dégoûtez...

Loin devant, le corbillard avait disparu dans un virage, malgré les appels de phares désespérés de l'oncle. Molo ne s'était aperçu de rien. Le nez collé au pare-brise, le visage crispé, il luttait pour conserver son allure à travers un crépuscule si dense qu'il ralentissait le fourgon. Les lignes, les formes, les contrastes s'estompaient, se confondaient, et rendaient la route incertaine, angoissante, comme dans ces rêves où l'air fourmille et empêche le regard. Il avait allumé ses phares, mais leur lumière imperceptible se diluait entre chien et loup. Il s'essuya le front du revers de la main, et remarqua alors qu'il portait encore ses lunettes de soleil. Il les retira avec soulagement, et en se penchant pour les ranger dans la boîte à gants, du même coup, il retrouva ses gants. Il se renfonça dans son siège, plus détendu, et profitant d'une longue descente pour reprendre de la vitesse, il jeta enfin un œil dans son rétroviseur. Il retira brusquement son pied de l'accélérateur : les autres ne suivaient plus.

Il roula lentement, pendant un petit moment, persuadé que la vieille Ford allait apparaître derrière eux au sommet de la côte, d'une seconde à l'autre. Mais ce ne fut pas le cas, et il finit par stopper.

Georges ouvrit les yeux et croisa le regard hébété de Molo. Il retira ses pieds de la plage avant, se redressa, et en regardant autour de lui, il vit qu'ils n'étaient toujours pas arrivés.

— On est où, là ?

— Ils sont plus derrière nous, Georges.

— Comment ça ? Ils sont où alors ?

Molo haussa les épaules, confus.

— Je ne sais pas... J'ai regardé, ils étaient là, et puis j'ai plus regardé, et puis quand j'ai regardé, ils étaient plus là.

Georges sentit qu'il allait perdre son calme. Il respira profondément, et pour éviter toute parole inutile, il préféra sortir faire quelques pas autour du fourgon pour se détendre. Il s'assit sur le pare-chocs arrière et se mit à observer la route. Molo hésita, d'abord, puis il le rejoignit d'un air penaud.

— Ils ont dû crever, marmonna Georges.

— Non, je suis sûr qu'ils sont vivants, il faut faire demi-tour, il faut aller voir.

— Un convoi funéraire ne fait pas demi-tour, jamais...

— On n'est plus un convoi, on est tout seuls.

— Ne discute pas, c'est une question de principe. On reste là, on les attend.

Ils scrutèrent l'horizon un long moment, patients et silencieux, dans l'espoir que des halos de phares montent de derrière la colline, mordent le ciel déjà sombre, et qu'enfin ils apparaissent. Lorsqu'ils ne virent plus à dix mètres, enveloppés dans le rouge des feux du corbillard, Molo se permit une remarque :

— Il fait nuit.

Georges se leva lentement en défroissant son pantalon.

— Quarante ans de métier, pour en arriver là. Allez, debout, on va les chercher.

Ils firent demi-tour avec un peu de mal, sur la route trop étroite, et repartirent dans un crissement de pneus pour lequel Molo s'empressa de s'excuser.

— Ils ne peuvent pas être loin, dit-il, je me souviens qu'ils étaient encore derrière nous, juste avant le pont.

À chaque forme vague qu'il distinguait au loin, à chaque reflet sur les catadioptres des poteaux, il s'écriait :

— C'est pas eux, là ?

Georges sursautait, les nerfs à vif, et Molo se reprenait aussitôt :

— Ah non, j'avais cru...

De faux espoirs en faux espoirs, ils arrivèrent au pont et s'arrêtèrent juste dessus. Molo coupa le moteur.

— J'y comprends rien. Juste avant le pont, ils

étaient derrière nous, c'est sûr, je m'en souviens très bien.

Il descendit du corbillard en se lamentant, et par acquit de conscience, il se pencha par-dessus les garde-fous, de chaque côté, puis revint s'asseoir au volant.

— Il faut continuer encore un peu.

— Ça suffit, Molo, on n'ira pas plus loin. On va au cimetière, j'ai décidé.

— Mais on ne peut pas y aller sans cortège, il faut les retrouver.

— On n'a pas besoin d'eux, on est payés pour enterrer le défunt, par pour courir après la famille. Tant pis pour eux, s'ils ne veulent pas nous suivre.

— Mais Georges, ils nous suivaient...

— Ils ont changé d'avis et ils ont fait demi-tour, c'est tout. Je ne vois pas d'autre explication.

— Un cortège ne fait pas demi-tour comme ça, tu l'as dit toi-même.

— Personne n'est à l'abri d'une défaillance, ce ne sont pas des professionnels, eux. On ne va tout de même pas les rattraper pour les traîner à l'inhumation. Ils sont libres. Ils nous ont accompagnés un petit bout de chemin, et puis voilà, c'est déjà bien.

— Tu crois ?

Pour clore la discussion et pour se convaincre lui-même, Georges ajouta encore :

— Ça ne m'étonne pas vraiment, tu sais ? Si ça n'arrive pas plus souvent, c'est que la plupart du temps, de l'église au cimetière, le chemin est si court que les gens n'ont pas le temps de réfléchir, pas le temps de trouver le courage d'être lâches.

Molo fit une moue dubitative. Le bruit du ruisseau envahissait peu à peu l'obscurité, *crescendo* ; et bientôt, ce fut comme s'il s'écoulait à travers sa tête, d'une oreille à l'autre, et lui lavait le crâne à l'eau vive.

— Ça me donne envie de pisser, tiens, fit Georges. Fais demi-tour, pendant ce temps.

Il sortit, laissant Molo songeur : « S'ils avaient effectivement rebroussé chemin, ce devait être pour une bonne raison. Ils avaient sans doute oublié quelque chose à Saint-Jean, et dans ce cas, ils les rejoindraient au plus vite. Peut-être aussi avaient-ils pris un autre chemin, un raccourci, et lorsque le corbillard arriverait au cimetière, ils seraient déjà là à les attendre. Ou alors, ils avaient doublé le corbillard, et il ne s'en était pas rendu compte, tout simplement. Ils pouvaient donc tout aussi bien être déjà loin devant. » Il envisagea encore d'autres hypothèses, toutes aussi improbables, et démarra plus rassuré. Il fit une manœuvre, récupéra Georges au bout du pont et ils repartirent vers le cimetière, pleins phares.

— Le problème, fit Molo, c'est que je ne connais pas la route.

— « Toujours tout droit, toujours tout droit », ce n'est pas ce qu'ils avaient dit ?

— Ils avaient dit : « Toujours tout droit, toujours tout droit, jusqu'à ce qu'on tourne. »

VIII

Un croissant de lune s'était accroché dans les haies interminables qui bordaient la route. Ils avaient parcouru deux ou trois kilomètres, pas plus, lorsqu'en pleine ligne droite un animal surgit dans leurs phares et se précipita vers eux, comme un insecte naïf attiré par les lumières artificielles. Dans le crissement des pneus qui s'écorchèrent sur l'asphalte, on entendit à peine le bruit du choc, un glapissement bref, le fourgon s'immobilisa. Ils se regardèrent, et il y eut quelques secondes de silence à la mémoire de l'animal.

— Manquait plus que ça...

— Qu'est-ce que c'était ? demanda Molo, encore sous le choc.

— Je ne sais pas, un renard, une fouine, quelque chose comme ça.

La moitié de la route était dans l'ombre. Ils descendirent. Il n'y avait qu'une petite bosse sur le pare-chocs, mais le phare droit avait éclaté.

— On n'y voyait déjà pas grand-chose...

À quelques mètres d'eux, sur le côté, une forme gisait dans la pénombre.

— Vas-y, toi, dit Molo, je préfère que tu regardes d'abord. Tu me dis si c'est grave.

Georges s'approcha de l'animal jusqu'au bord de la petite flaque écarlate qui l'entourait.

— Ça alors !

— Quoi ? Qu'est-ce qu'il y a ? demanda Molo en se dandinant sur place.

— C'est un chien.

— Un chien ! Comment il est ?

— Mort.

Georges remua le cadavre de la pointe du pied et le couteau dans la plaie.

— Eh ben mon salaud, tu l'as pas loupé...

Il attrapa l'animal par sa patte la moins poisseuse et le traîna jusque dans les gravillons au bord de la chaussée, puis il s'essuya les mains dans l'herbe.

— On peut y aller.

— Attends, fit Molo. Tu es sûr que ce n'est pas un vieux chien ?

Georges le regarda.

— Quoi ?... Je n'en sais rien, moi, si c'est un vieux chien. Qu'est-ce que ça peut bien faire ? Qu'est-ce que ça change ?

— Non, tu ne comprends pas, je veux dire : est-ce que tu es sûr que c'est notre chien ?

— Notre chien ? Quel chien ? Qu'est-ce que tu racontes ?...

— Ce chien, c'est peut-être un chien qui traînait là, déjà mort, un vieux chien quoi, de ce matin, d'hier, ou de la semaine dernière... Celui qui s'est jeté contre nous n'avait peut-être rien et il s'est enfui. D'ailleurs ce n'était sûrement pas un chien, tu as dit que ce devait être une fouine.

— Tais-toi, tu me fatigues. Viens voir de plus près, comme il a l'air d'être mort de vieillesse.

— Je n'ai pas dit qu'il n'avait pas été écrasé, j'ai dit que ce n'est pas sûr que ce soit par nous. Nous ne sommes pas les seuls à passer par ici.

— Si ça peut te faire plaisir... Viens, maintenant.

— Attends, je veux voir.

Il s'avança de quelques pas en plissant les yeux et s'arrêta à une certaine distance du cadavre. D'où il se tenait, il ne perçut d'abord qu'une masse informe. Il s'en approcha encore, et distingua alors les yeux révulsés de l'animal qui accrochaient la lumière comme deux petits miroirs. Il grimaça.

— Tu es sûr qu'il est mort ? Il n'a pas l'air mort là, on dirait qu'il nous regarde.

— Bien sûr qu'il est crevé, dit Georges, en retournant au fourgon. On ne va pas lui fermer les yeux, non ? Dépêche-toi !

Mais Molo ne le suivit pas. Il gardait les yeux rivés sur le chien. Il s'en approcha encore un peu et remarqua qu'une de ses pattes grattait le sol, animée de légers tremblements. Il sursauta et s'écria :

— Il bouge, regarde ! Il n'est pas mort, il bouge !

Georges l'attendait, appuyé contre le corbillard, il commençait à perdre patience. Il répondit d'une voix lasse :

— C'est les nerfs, ça, ça ne veut rien dire.

— Et tes nerfs à toi, ils ne veulent rien dire ? cria Molo. Si je te dis qu'il est vivant !

— Nom de Dieu, comment tu me parles ? Faudrait pas pousser, tout de même !

Molo s'écrasa aussitôt et s'excusa :

— Pardon, Georges, c'est les nerfs.

— C'est bon.

— Juste une seconde, s'il te plaît...

Il s'agenouilla doucement près du chien et lui demanda d'une voix pleine de compassion :

— Ça va ?

Mais l'animal tremblotant restait muet.

— Ça va pas fort, hein ? reprit-il.

Georges frappa violemment sur le capot avec le plat de sa main pour arracher Molo à ses divagations. Voyant qu'il ne réagissait pas, il le rejoignit, décidé à mettre un terme à ces attendrissements. Molo leva les yeux vers lui.

— Avec tout le respect que je te dois, il est vivant, Georges. Tu vois, on dirait qu'il cherche à nous dire quelque chose.

Avec la tranche de sa chaussure impeccablement cirée, Georges lui tapota le museau avec désinvolture, lui remonta les babines, lui taquina la truffe, puis il l'observa encore un instant et reconnut qu'il avait parlé trop vite.

— C'est vrai qu'il respire encore. J'ai de la buée sur ma godasse.

— Je te l'avais dit.

— Si on regarde d'aussi près, c'est sûr.

— Qu'est-ce qu'on fait ?

— Finis-la, cette pauvre bête, qu'on n'en parle plus.

Molo se mit à paniquer.

— Allez, reprit Georges, trouve une grosse pierre ou roule lui dessus, comme tu veux.

— Tu peux pas me demander ça, je peux pas faire ça.

— Tu préfères le laisser souffrir ?

— Non, mais...

— Alors dépêche-toi, on va pas y passer la nuit.

— On pourrait le prendre avec nous pour le soigner.

— Il n'y a plus rien à soigner, mon vieux, on ne dirait même plus un chien.

— Je m'en occuperai, tu verras...

Exaspéré par tant de sensiblerie, Georges prit les choses en main.

— C'est moi qui vais m'en occuper, tu vas voir.

Molo lança un regard désespéré à l'animal, comme s'il attendait de lui qu'il trouve une solution, et lorsqu'il vit qu'il ne tremblait presque plus, il arrêta Georges qui se retroussait les manches.

— Non, attends ! ce n'est plus la peine, regarde, il s'est calmé. Il ne bouge plus. Tu avais raison, c'était les nerfs. S'il te plaît.

— Bien sûr que j'avais raison.

Et il regagna le fourgon en râlant.

— Tout ce temps perdu...

Molo se releva, puis se dirigea vers le corbillard en se retournant plusieurs fois sur l'animal.

— Je l'ai déjà vu quelque part, ce chien, dit-il, en s'installant au volant.

— Des chiens comme ça, il y en a partout.

— Tu crois ?

— Démarre.

Et le corbillard borgne s'éloigna.

Sur le bord de la route, un vieux chien contorsionniste agonisait dans l'obscurité.

— C'est triste, quand même...

IX

— On est perdus, c'est ça ? demanda Georges.

— Pas complètement.

— On est perdus, oui ou non ?

— À moitié.

— Qu'est-ce que ça veut dire, à moitié ?

— On ne doit pas être sur la route du cimetière, mais je crois savoir comment rentrer à Saint-Jean. On n'est perdus que dans un sens.

Ils s'étaient arrêtés à un croisement. Georges n'avait pas voulu prendre une route au hasard, une fois de plus. Molo s'était souvenu alors, un peu tard, peut-être, qu'il devait y avoir une carte routière au fond de la boîte à gants. En glissant son index le long des routes qu'il pensait avoir pris jusque-là, il se retrouva rapidement au bord de la carte ; Bréhau n'était pas dessus. D'un geste flou, il désigna alors à une cinquantaine de centimètres du plan, au-dessus des genoux de Georges, l'endroit où ils devaient se trouver.

— On doit être à peu près par ici, et le cimetière doit être par là.

— On est bien avancés, tiens.

Molo s'appliqua à replier correctement la carte avant de se prononcer :

— Je pense qu'il faut prendre à droite.

— Pourquoi à droite ? demanda Georges.

— Tout à l'heure, on a tourné à gauche.

Molo s'apprêtait à repartir, lorsque Georges en décida autrement.

— On ne va pas continuer comme ça, à l'aveuglette. On va rester ici et attendre que quelqu'un passe pour lui demander notre chemin.

— Comme tu voudras.

Il se gara sur le côté et coupa le contact. Même s'il pensait qu'il était stupide d'attendre au bord de cette route où personne ne passerait, il ne chercha pas à discuter. « C'est toujours le plus intelligent qui cède », lui avait-on souvent dit.

— J'ai mal au crâne, soupira Molo, c'est la faim.

— On verra ça plus tard.

Au moins trois hérissons avaient déjà traversé la route, juste devant le corbillard, le plus lentement du monde.

— C'est toujours le même, dit Georges, il en profite pour nous narguer parce qu'on est à l'arrêt.

— Encore un ! s'écria Molo. Ils ont l'air heureux ici, ce n'est pas très fréquenté comme route.

— Puisque je te dis qu'il n'y en a qu'un.

— Mais non, regarde, encore un...

À force d'attendre, en comptant « le hérisson » qui traversait, ils finirent par céder au sommeil.

Le bruit d'une voiture vint troubler leurs songes. Georges se réveilla brusquement. Sur la route perpendiculaire à la leur, à sa droite, il aperçut les feux d'une voiture qui s'éloignait. Il secoua Molo :

— Démarre ! À droite, vite !

— Qu'est-ce qu'il y a ? fit Molo, encore endormi.

— C'était eux, j'en suis presque sûr. Ils ne nous ont pas vus, ces imbéciles.

— Qui ça, eux ?

— La famille !

— Je me disais bien qu'il y avait comme un bruit de moteur dans mon rêve...

— Dépêche-toi, nom de Dieu, prends à droite !

— À droite, c'est bien ce que j'avais dit...

La voiture était arrivée rapidement par la

gauche, elle avait à peine ralenti au stop, puis s'était engagée en face. Lorsqu'ils démarrèrent à sa poursuite, elle n'était déjà plus que deux points rouges au loin, qu'ils ne parvinrent jamais à approcher à moins de cent mètres. Même au bout des longues lignes droites, très vite, ils ne les aperçurent plus. Ils poursuivirent jusqu'au prochain croisement où ils constatèrent qu'ils étaient définitivement distancés, et ne sachant quelle direction la voiture avait prise, ils abandonnèrent. Il y avait là un restaurant un peu en retrait, c'était inespéré. Molo ne manqua pas de le faire remarquer à Georges.

— J'ai vu.

Il se permit même une suggestion :

— Si on s'arrêtait ici pour manger ? On n'est plus à une demi-heure près, maintenant, on en profitera pour demander notre chemin. Dans deux heures, grand maximum, le boulot est fini, dans trois heures, on est couchés.

Georges se laissa bercer par les illusions de Molo, et il accepta sa proposition, las de diriger, de décider, de trancher pour n'aboutir à rien ; et puis, il avait faim, lui aussi.

Le corbillard noctambule se gara un peu à l'écart pour éviter d'attirer l'attention.

— Ça a l'air fermé, fit remarquer Georges.

— Tu vois bien qu'il y a de la lumière. Ils ne vont pas refuser des clients, ils ne doivent pas en voir souvent.

— Va voir, je t'attends.

Molo traversa le grand parking plein de nids-de-poule en rajustant sa cravate. Il monta les quelques marches, prit même le temps de s'arrêter devant la carte affichée à côté de la porte. Ce n'était pas hors de prix. Il entra, confiant. Il s'effraya en se retrouvant face à un grand chien en faïence assis dans l'entrée, il dut sourire de son émotivité. Une petite femme vint à sa rencontre d'un pas stressé, le regard méfiant sous d'énormes lunettes teintées qui lui donnaient des airs de mouche. Il fut un peu étourdi par les volutes de sa permanente rococo, il en perdit presque le cours de ses idées.

— ... Bonsoir madame, on peut manger quelque chose ?

— Vous avez vu l'heure ?

— Non, malheureusement j'ai perdu ma montre.

— On ne sert plus à cette heure-là.

Le visage de Molo se figea.

— Vraiment ?

— C'est terminé pour ce soir.

Il insista pourtant, en lui expliquant qu'ils n'avaient rien mangé depuis ce matin, qu'ils avaient voyagé toute la journée, qu'ils étaient épuisés et qu'ils avaient encore du chemin à faire.

— On mangera ce que vous nous donnerez, on ne traînera pas, je vous le promets.

Elle le dévisagea, il y eut un court moment de silence, puis elle sembla revenir sur sa décision :

— Vous êtes combien ?

— Deux. Nous ne sommes que deux.

Elle soupira.

— Un instant, je vais demander au chef.

— Merci madame, c'est vraiment très gentil de votre part.

Elle traversa la grande salle à manger déserte et disparut aux cuisines. Molo ressortit sur le perron, se pencha en direction du fourgon et fit un signe du pouce à Georges, très fier d'avoir su être aussi persuasif, puis il rentra aussitôt. Il attendit en observant tous ces bois qui couvraient le mur du fond. Une roue de charrette, un joug de bœuf, une paire de sabots : l'endroit lui plaisait. Il choisit même la place où il allait s'asseoir, à côté de la cheminée, là, juste sous le fléau, il serait bien. Au milieu des cuisines vides, dans son royaume d'inox, la patronne nettoyait ses lunettes avec le coin de son tablier. Son cuisinier dormait depuis longtemps, elle le savait bien, mais devant l'insistance de Molo, elle avait voulu donner l'impression de faire tout son possible. C'était encore le meilleur moyen pour se débarrasser de ce genre de clients. Elle réapparut enfin, avec le même pas pressé. Molo lui fit un grand sourire plein de gratitude. Elle joignit ses mains et pencha sa tête sur le côté :

— Désolé, c'est trop tard.

Molo manqua de défaillir.

— Désolé, répéta-t-elle, un peu plus sèchement.

— Ce n'est pas grave, merci.

Et elle referma la porte à clef, derrière lui. Il resta quelques secondes sur le perron et leva les yeux au ciel. Il y en avait des étoiles... Il respira profondément, puis il descendit les quelques marches et retourna au corbillard, la tête basse.

— Ils ne servent plus, c'est trop tard.

— Je m'en doutais, fit Georges, quelle heure est-il ?

— Et comment veux-tu que je le sache ?

— Tu ne leur as pas demandé ?

— Je n'y ai pas pensé. C'est important ?

— Bien sûr que c'est important.

Il retraversa le parking. La patronne mit un certain temps à venir, cette fois, et elle ne fit qu'entrouvrir la porte. Molo s'excusa poliment de la déranger encore, il voulait juste lui demander l'heure. Elle lui tendit son poignet. Elle avait une petite montre tout en or, le cadran devait être en nacre avec... Elle referma la porte. Il n'avait rien eu le temps de voir, il n'avait même pas vu les aiguilles. Il ne voulut pas passer pour un imbécile, et il se refusa à frapper à nouveau.

— Qu'est-ce que tu veux que je te dise ? fit Georges.

— Rien.

— Tant pis, le plus important c'est qu'on sache par où aller.

Molo détourna lentement le regard et posa sa main sur sa bouche. Sans attendre que Georges le blâme, il descendit du fourgon et se dirigea une fois de plus vers le restaurant. Il n'avait fait que quelques pas, lorsque toutes les lumières s'éteignirent l'une après l'autre, puis celles du parking. Il se dépêcha, monta les marches et frappa à la porte, d'abord timidement, et de plus en plus fort. Il attendit. Personne ne vint lui ouvrir. Derrière la porte, tout était calme. Il préféra s'en aller, avant que le chien de faïence ne se mette à aboyer.

— Alors, c'est par où ? lui demanda Georges, la bouche pleine.

— Qu'est-ce que tu manges ?

— Des madeleines.

— Des madeleines ?

— Je viens de les trouver dans le vide-poches, tiens, prends-en... elles sont vieilles, mais ça coupe la faim.

Il lui tendit le paquet, il n'en restait que deux.

— Alors ? lui redemanda-t-il.

— Elle n'a pas ouvert.

Avant de repartir, ils burent quelques gorgées de cette eau douteuse, dans cette bouteille sans étiquette.

— Si c'est bon pour le radiateur... ironisa Georges.

Puis ils s'engagèrent sur la route jusqu'au stop. Georges sortit une pièce de monnaie de sa poche.

— Pile, on prend à droite, face, on prend à gauche.

Il la lança en l'air, la rattrapa, et l'écrasa contre le dos de sa main.

— Face. À gauche.

Le corbillard sembla s'avancer à contrecœur.

— Tu sais, dit Georges, parfois je me demande si tout ce qui nous arrive n'est pas de ta faute. Mais rassure-toi, en tant que chef d'équipe, je prends mes responsabilités. J'assume.

— J'ai vu qu'ils avaient du gigot d'agneau, j'en aurais pris. J'adore ça, moi, le gigot d'agneau. Il y en avait à ma communion. Il n'y avait pas que ça, d'ailleurs. À six heures, on était encore à table.

Il énuméra sur ses doigts :

Saumon garni

Jambon glacé au madère

Gigot d'agneau

Haricots verts, flageolets, pommes dauphines

Cœur de laitue

Plateau de fromages

Vacherin glacé

Café

Gâteau

Champagne

Molo relâcha brusquement l'accélérateur, ils venaient enfin d'apercevoir une cabine téléphonique. Georges avait longuement hésité. Plutôt que de continuer au risque de se perdre davantage, il s'était demandé s'ils ne feraient pas mieux de rentrer à Saint-Jean, pour repartir le lendemain avec plus de certitude. Désemparé, il avait finalement décidé d'appeler Ganglion pour lui rendre compte de la situation et lui demander des consignes précises. Molo avait été surpris de cette courageuse initiative. Il connaissait les colères de leur patron, et il fallait de la trempe pour le réveiller à cette heure et lui avouer qu'en pleine nuit ils promenaient le défunt à travers la région, sans savoir où ils étaient, sans savoir où était la famille, sans savoir où était le cimetière. Il avait surtout apprécié que Georges ne se soit pas dérobé et qu'à aucun moment il n'ait suggéré que se soit lui qui appelle. Il dut reconnaître qu'il avait l'étoffe d'un meneur d'hommes.

— Je crois que c'est la seule pièce que j'ai, dit Georges.

— Je n'ai plus de monnaie, moi non plus, j'ai tout donné à la quête.

— Il va falloir être concis, alors.

Georges montra sa pièce à Molo en la tenant entre le pouce et l'index.

— Pile, c'est toi qui appelles, face, c'est moi.

L'étoffe était mitée. Molo déchanta.

— Tu pourrais au moins me laisser choisir.

— Ça n'a aucune importance, répliqua Georges.

Et il lança la pièce. Molo entendait déjà la voix ensommeillée de Ganglion et ses insultes rauques. Mais Georges fut maladroit. La pièce lui échappa, rebondit contre le levier de vitesse et tomba sous son siège, ou sous celui de Molo, il faisait trop sombre pour y voir quelque chose. Ils cherchèrent un peu à tâtons, sans trop insister, puis renoncèrent, secrètement soulagés de ne pas l'avoir retrouvée.

— Ce doit être un signe, dit Georges, il valait sans doute mieux ne pas l'appeler.

— Sans doute, oui...

Georges eut un long pincement au cœur. Jusque-là, il avait toujours fourni un travail irréprochable, c'est pourquoi Ganglion le considérait comme son bras droit. Cette nuit-là, pourtant, suffirait à effacer toute une vie d'un professionnalisme exemplaire.

X

Depuis un moment, Molo se posait une intrigante question qu'il se répétait sans pouvoir y répondre, ce qui l'aidait aussi à rester éveillé. Il en parla à Georges :

— Est-ce que tu crois qu'on passe plus de temps à n'être pas né ou à être mort ?

Il lui répondit sans réfléchir :

— C'est kif-kif.

Avec cette facilité qu'il avait à trouver des réponses à tout, Georges avait toujours impressionné Molo. Cette fois, pourtant, il n'y parvint pas.

— C'est un peu léger comme réponse.

— C'est ta question qui est idiote.

Molo fut un peu vexé et renchérit :

— Et tu savais, toi, peut-être, que parmi toutes ces étoiles que tu vois, il y en a qui n'existent plus depuis longtemps, et pourtant, elles brillent pour nous.

Georges se tordit de rire.

Un voyant rouge s'alluma sur le tableau de bord.

— C'est l'essence. On est sur la réserve.

— Bon. Il ne s'agit plus de flâner, il va falloir être efficace.

— Je n'avais pas l'impression de flâner, rétorqua Molo.

La route sur laquelle ils s'étaient engagés — parce que le nom inscrit sur le panneau leur avait inspiré confiance — devenait de plus en plus étroite, jusqu'à n'être plus qu'un chemin sablonneux qui s'engouffrait dans un tunnel végétal.

— Ça ne mène à rien, laissons tomber, dit Georges.

— Ce sont souvent de petits chemins qui mènent aux cimetières. Continuons, pour voir.

Molo roulait au pas, en serrant les dents. Par endroits, on entendait le crissement des branches qui rayaient le toit.

— On perd notre temps, s'impatienta Georges.

— Pour ce qu'il en reste...

Il y eut une montée très raide, le corbillard peina sur le chemin mou.

— On fera demi-tour en haut, dit Molo, pour rassurer Georges.

Mais en haut, il fut impossible de manœuvrer.

— On fera demi-tour en bas, alors.

Ils entamèrent la descente. Molo fit couiner les freins presque jusqu'au bout, puis il laissa glisser le fourgon sur les derniers mètres, et ils émergèrent enfin de cet enchevêtrement d'arbustes et d'arbrisseaux. Le corbillard s'enfonça un peu dans le sol. Ils étaient arrivés sur une plage. Molo regarda Georges d'un air ahuri.

— On est à la mer ? lui demanda-t-il.

— Ça m'en a tout l'air.

— Jamais je n'aurais imaginé que nous vivions si près de la mer, pourquoi ne me l'as-tu jamais dit ?

— Pourquoi est-ce que je t'aurais parlé de ça ? Qu'est-ce que ça peut bien faire ?

Molo était effaré.

— Qu'est-ce que ça peut faire ? C'est ce que tu as dit ?...

— Oui, quelle importance ?

— Quelle importance ? Je n'ai jamais vu la mer, moi. Personne ne m'a dit que près de chez nous, il y avait la mer. Si on n'avait pas pris ce chemin, je ne l'aurais peut-être jamais su, et tu voudrais que je garde mon calme. J'ai vraiment l'impression qu'on me prend pour un imbécile, parfois.

Il descendit du fourgon, hors de lui, en claquant la porte, et partit tout droit dans le faisceau du phare qui plongeait loin, là bas dans les rouleaux. La mer était basse, peut-être même était-ce l'océan. Il marcha vers elle et elle vint à sa rencontre en s'étirant jusqu'à ses pieds. Il trempa sa main dans l'écume et lécha ses doigts. Il retira ses sandales, ses chaussettes, remonta son pantalon avec ses mains dans les poches et fit quelques pas dans l'eau. Il resta là, debout face aux vagues qui jaillissaient de l'obscurité à quelques mètres de lui, avec ce sentiment troublant d'être arrivé au bout de quelque part, la terre dans le dos, tout un continent et ses tombes derrière lui. Il s'était toujours senti entouré, entouré d'autres villages, d'autres paysages, cerné par les certitudes, les incertitudes. Ici, malgré la nuit, son regard s'était posé avec évidence, droit devant, sur cet océan d'obscurité. Les choses lui paraissaient plus simples. Il y avait quelque chose devant lui, quelque chose derrière, quelque chose avant, quelque chose après. Il trouva ça plutôt rassurant.

Il sortit de l'eau et s'assit sur la plage en essayant d'imaginer la mer jusqu'à l'horizon. Ce devait être très beau, le jour. « Pourquoi continuer ? C'est un cimetière idéal, ici, songea-t-il. Le calme, l'espace, et au-delà des capitons, du bois et du sable, cette vue imprenable. » C'était un peu le paradis des fossoyeurs, aussi, le dernier endroit où enterrer quelqu'un, le plus facile à creuser.

Georges avait joué le blasé, mais il avait été surpris tout autant que Molo. Il s'en souvenait, maintenant, qu'ils habitaient près de la mer ou pas très loin. Il l'avait su pourtant, et il l'avait oublié. Il rejoignit Molo et s'assit à côté de lui. Il retira ses chaussures pleines de sable et les cogna l'une contre l'autre pour mieux les vider.

— Si un jour tu m'avais demandé : « Est-ce que c'est loin la mer ? » je t'aurais répondu, tu sais. Pourquoi aurais-je cherché à te le cacher ? Seulement voilà, tu ne me l'as jamais demandé, alors tu n'as qu'à t'en prendre à toi-même.

Molo ne répondit pas.

— Tu ne vas pas en faire un drame, reprit Georges. Je n'ai jamais pris l'avion, moi, par exemple, et ça ne m'a pas empêché de vivre, au contraire... les avions finissent souvent dans la mer.

Molo haussa les épaules.

— Moi non plus, je n'ai jamais pris l'avion, je n'ai jamais mangé de cuisses de grenouilles, non plus.

— Moi non plus, fit Georges, en se relevant. Alors, tu vois, il n'y a aucune raison de se mettre dans des états pareils. Allez...

Et Molo se mit à pleurer, à bout de nerfs.

— Calme-toi, mon vieux.

— J'en peux plus, je meurs de faim, et on le trouvera jamais ce cimetière. Enterrons-le ici, c'est très bien, et puis on rentre. Personne n'en saura jamais rien.

— Tu n'y penses pas, il n'en est pas question. On va dormir un peu, si tu veux, et on repartira à l'aube. Il reste une madeleine, je crois, viens.

Molo se leva en reniflant, mais au lieu de suivre Georges, il commença à se déshabiller.

— Je vais me baigner.

— Tu es fou ? Elle est glacée et puis c'est dangereux.

— Je ne veux pas mourir idiot.

— Tu préfères mourir noyé.

Molo ne se laissa pas décourager, s'il hésitait maintenant et se mettait à réfléchir, il n'irait pas. Il se mit nu et courut à l'eau. Il n'eut pas le temps d'avoir froid. La première vague s'écrasa contre lui, le submergea et le renvoya d'où il venait en le traînant sur le sable grossier auquel se mêlaient des galets mal polis, de tout petits coquillages pointus, de minuscules fragments de coquilles d'oursins. Il se retrouva sur le bord, groggy, les oreilles bouchées, de l'eau plein les yeux. Dans le phare du corbillard, il vit la silhouette de Georges nimbée de lumière qui retournait au fourgon, et il fut aspiré par la vague qui se retirait. Il planta ses dix doigts dans le sable, comme deux grappins dérisoires, mais il disparut sous une autre déferlante. Il but la tasse, cette fois, puis il parvint finalement à s'arracher aux vagues. Il se releva, titubant, ivre, tout bleu, et avant de sortir complètement, il se retourna et pissa dans l'eau en grelottant, mais avec beaucoup de respect, très fier d'apporter quelques gouttes à l'océan.

Il s'essuya avec sa veste, se frictionna, puis il s'assit dessus et se rhabilla le plus vite possible. Il fourra sa cravate dans sa poche et courut vers le corbillard en claquant des dents, sa chemise lui collait à la peau.

— Ça creuse, la mer, dit-il en grimpant dans le fourgon.

Il n'eut qu'un petit grognement comme réponse, Georges dormait déjà. Il s'était couché en travers sur les trois places de derrière et s'était couvert avec sa veste. Molo fit tourner le moteur et mit le chauffage à fond. Il devait être une heure, deux heures, peut-être plus. En tout cas, ils n'étaient plus hier ; et aujourd'hui, il venait de s'en souvenir, c'était son anniversaire. Georges dormait, l'autre était mort, il en avait vécu des plus gais. Il mangea la dernière madeleine, joyeux anniversaire, Molo, puis il coupa le contact et s'endormit. Aux aurores, il découvrirait enfin le paysage. Peut-être même que pour son anniversaire, un soleil détrempé monterait des flots à l'horizon.

Georges ouvrit l'œil, il faisait encore nuit. Le bruit de la mer lui parut plus présent. Le pare-brise et les vitres étaient tout embués, il ouvrit la porte. Une petite vague vint lécher les pneus du fourgon. La mer était montée jusqu'à eux. Il réveilla Molo en braillant.

Ils quittèrent la plage, Georges ne voulut pas attendre le lever du jour. Pour Molo, la mer garderait tout son mystère. Il ne se souviendrait que de son goût, de ces montagnes liquides qui s'étaient effondrées sur son dos, de leurs avalanches d'écume. Elle resterait pour lui la mer noire, et lorsqu'il en parlerait, on l'écouterait comme un grand voyageur.

Ils prirent une route qui avait l'air plus sérieuse, qui semblait mener quelque part ; une route un peu plus large, comme ils n'en avaient pas vue depuis longtemps, avec des bandes blanches au centre et même sur les côtés. Ils tombèrent sur un panneau « Toutes directions », et ils se réjouirent de savoir que, cette fois enfin, ils étaient sur la bonne voie.

Molo aperçut les premières lueurs de l'aube en bâillant. Il freina pour ne pas gêner l'envol d'un rapace. C'était à cette heure, habituellement, lorsque les chants d'oiseaux le réveillaient, qu'il s'étirait dans son lit, se retournait, puis se rendormait avec un plaisir immense.

Cette nuit, il n'avait pas dormi plus de deux heures. Il se frotta les yeux avec le poing tout en fixant la route. Georges s'était mis à ronfler.

XI

— Ça va ?

Georges se massait la tempe du bout des doigts, un peu secoué. Il ne lui répondit pas.

— J'ai dû m'endormir, soupira Molo, catastrophé.

Un peu plus loin derrière le corbillard, l'unique couronne du cercueil avait roulé jusque-là. Un petit vent soulevait le ruban arraché, des pétales glissaient sur l'asphalte et s'envolaient dans les herbes. Au milieu de la route, comme une épave : le cercueil disloqué, plus qu'un amas de bois et de tissu blanc. Et là-bas, dans le fossé, le corps trempait dans la vase.

Le fourgon avait mordu sur le bas-côté. Molo avait réagi *in extremis*. Ils avaient failli chavirer à deux reprises, mais par miracle ils avaient pu éviter l'accident et s'étaient retrouvés hébétés en travers de la route. Mais dans les grands coups de volant désespérés, les cahots et les embardées du véhicule, le cercueil avait défoncé les portes, comme un bélier, et s'était fracassé sur la route.

Ils avaient fini par descendre et se tenaient là, atterrés, avec tous deux, face au désastre, la même honte d'en être sortis indemnes. Molo secouait la tête depuis presque une minute.

— Ça fait pas très « pro ».

— Je crois qu'on a touché le fond, là, dit Georges.

— Si au moins on avait fait quelques tonneaux, si on avait un peu saigné des oreilles, on aurait l'air plus sérieux...

— Tu feras mieux la prochaine fois, je te fais confiance.

Sans trop savoir par où commencer, ils se mirent à ramasser les débris qui les entouraient et les jetèrent en vrac à l'arrière du fourgon.

— Le sapin, c'est vraiment de la merde, fit Georges, regarde-moi ça...

— Ce n'est pas du chêne ? Je croyais qu'ils avaient choisi du chêne ?

— Ils ont payé du chêne, mais ils ont eu du sapin. C'est l'intention qui compte, non ?

— C'est vrai que je ne trouvais pas ça trop lourd pour du chêne, fit remarquer Molo.

— De toute façon, quelle différence quand on sent plus la résine ?

— Les nœuds, peut-être...

— Allez, il faut se dépêcher, maintenant. On aurait l'air de quoi si quelqu'un arrivait. Et puis je veux être rentré pour midi, j'en ai marre, j'en ai plus que marre !

Georges regarda autour de lui pour s'assurer de n'avoir rien oublié, et dans la foulée, il ramassa la couronne, la fit voler dans le fourgon, et ils se préparèrent à charger le corps. Pour leur faciliter la tâche, Molo fit une marche arrière afin de rapprocher le corbillard du fossé. Avant de rejoindre Georges, il prit soin de se couvrir le nez et la bouche d'un mouchoir qu'il plia en triangle et se noua sur la nuque, pour éviter qu'une exhalaison méphitique ne le pénètre par surprise. S'il inspirait des molécules pourries, elles se diffuseraient à travers son corps, se logeraient dans chaque creux, chaque interstice, chaque vésicule, s'accrocheraient à ses moindres aspérités, et dans sa chaleur moite et obscure elles proliféreraient en silence, il en était persuadé.

Il enfila encore ses gants puis il descendit du fourgon et s'approcha de Georges.

— Comment on fait ? demanda-t-il.

Georges le dévisagea.

— Ce n'est pas contagieux la mort, tu sais, c'est héréditaire. C'est très différent : on n'y échappe pas. Tu peux garder ton mouchoir pour pleurer.

Ils s'approchèrent du fossé. Un bout du cercueil était retombé sur le mort et lui recouvrait la tête et la moitié du corps.

— J'avais presque oublié qu'il y avait quelqu'un, là-dedans, dit Molo.

Georges s'accroupit.

— D'ici, j'arrive à l'attraper par les chevilles. Toi, tu descends, tu le prends sous les aisselles et on le sort de là.

— Et si on le tirait par les pieds, ce ne serait pas plus simple ?

— C'est des méthodes d'assassin, ça. On n'est pas des assassins.

Alors Molo descendit prudemment dans le fossé. Le fond lui paraissait assez humide, en se contorsionnant, il chercha une position lui permettant d'éviter d'y poser les pieds. Lorsqu'il vit qu'il lui serait impossible d'atteindre le corps en s'y prenant de la sorte, il changea de technique. Il se redressa et forma un pont, à mi-hauteur, en calant ses jambes de chaque côté du fossé. Il se rendit compte très vite qu'il n'arriverait à rien, non plus, dans cette posture. Finalement, pressé par les regards sombres de Georges, il se résolut à poser un pied au fond, puis l'autre. Et comme il l'avait redouté, il s'enfonça lentement de quelques centimètres dans la boue.

Il souleva doucement le morceau du cercueil qui recouvrait le défunt, mais au moment de découvrir son visage dont il redoutait l'aspect, le bois glissa entre ses doigts et s'écrasa lourdement sur la face du mort dans un petit craquement.

— Merde ! s'écria Molo, je crois que je lui ai cassé le nez.

— On n'est plus à ça près, et lui non plus. Dépêche-toi.

Molo se ressaisit. Sans plus hésiter il souleva le bois et le poussa sur le côté.

L'homme n'était ni jaune, ni verdâtre, ni grimaçant. Son teint était d'une blancheur immaculée, ses traits d'une sérénité étonnante. De l'une de ses narines s'écoulait un mince filet de sang. Molo se retourna vers Georges :

— C'est... c'est normal ça ?...

Il n'eut pas de réponse, pas même un regard pour s'y accrocher et trouver la force de sortir du fossé. Georges fixait ce sang clair qui s'écoulait maintenant jusque dans le cou de l'homme et tachait le col de sa chemise. Molo resta planté dans la vase, un moment, puis lorsqu'il put enfin bouger, il grimpa hors du fossé en s'agrippant aux touffes d'herbes.

Ils n'échangèrent pas un mot, et sans se retourner, ils montèrent à bord du fourgon et partirent aussitôt, les feux de détresse encore allumés, les portes arrière grandes ouvertes. Dès le premier virage, ils perdirent la couronne une nouvelle fois.

La première chose dont je me souviens, c'est de cette brusque impression de chute qui m'a fait sursauter, comme lorsqu'on s'endort. Malgré l'obscurité, je me sens quelque part. Je crois d'abord à l'une de ces illusions qu'il m'est déjà arrivé de connaître auparavant. Comme les amputés qui souffrent du membre qu'ils n'ont plus, les morts, la tête encore pleine d'images et de sensations, font des rêves étranges — je le sais maintenant — qui leur donnent des impressions de vie ; et leurs cheveux poussent, et leurs ongles aussi. Je crois donc à l'un de ces rêves. J'attendrai qu'il s'estompe, ma tête finira par se vider de tous ces sentiments d'existence, ce n'est qu'une question de temps, et j'ai le temps.

Molo demande :
— Le temps a changé, non ?

Georges regarde le ciel toujours clair d'un air étonné, sans comprendre pourquoi il dit cela.

— Nous sommes encore sur la plage, endormis, et je suis en train de rêver, voilà tout. Ou alors c'est toi qui rêves, peu importe. Le fait que la mer soit montée si vite jusqu'à nous me paraissait déjà suspect, et je ne te parle pas du reste...

Molo n'est absolument pas convaincu. Il regarde ses pieds encroûtés par la vase du fossé. Il cherche au fond de sa poche, il en sort quelques coquillages nacrés qu'il a ramassés dans la nuit et les montre à Georges dans le creux de sa main comme une preuve irréfutable.

— Tu vois bien que ce n'est pas un rêve.

— Qu'est-ce que ça prouve ? Tu es comme ces imbéciles qui veulent être pincés pour être sûrs de ne pas rêver, sans imaginer une seconde qu'ils puissent rêver qu'on les pince.

— J'ai une autre hypothèse. Nous sommes encore endormis, et je suis en train de rêver, ou alors c'est toi qui rêves, peu importe...

— Tu te moques de moi, c'est ce que je viens de t'expliquer.

— Attends, laisse-moi finir.

Il reprend :

— ... ou alors c'est toi qui rêves, peu importe. Nous sommes à Saint-Jean, et personne n'est mort. Qu'est-ce que tu en penses ?

— C'est ridicule.
— C'est bien ce que je crois. Il saignait du nez, Georges.

Jusque-là, je n'ai perçu que des choses confuses, lointaines. Quelques sons indéfinissables, de la lumière à travers mes paupières, et peut-être ai-je eu un peu froid aussi. Mais là, c'est différent. La sensation est précise, évidente, et n'a rien d'une illusion *post mortem*. On me gratte la joue avec insistance. Je sens ma peau s'irriter sous le va-et-vient de ce qui me semble être des ongles, et cette simple sensation me comble de joie. Après, seulement, je ressens une démangeaison qui explique sans doute pourquoi on me gratte. Et enfin, je réalise que cette main est la mienne. De peur de m'évanouir à nouveau, peut-être à jamais, pour me sentir encore, je continue à me gratter.

Peu à peu, je prends conscience de mes membres, je sens tout mon corps s'éveiller. Je pourrais même ouvrir les yeux, mais je n'en ai pas le courage, pas encore. Et puis, y a-t-il seulement quelque chose de l'autre côté de mes paupières ?

Tout près de mon oreille, j'entends le bourdonnement aigu d'un de ces insectes dont j'ai oublié le nom, je comprends pourquoi ma joue me démange. En palpant ma peau sous mes doigts engourdis, je sens un énorme bouton. Je souris, je crois ; et je pleure. Mais sans faire de bruit, pour ne pas effrayer la bestiole. J'enlève ma main de mon visage, mon bras tombe le long de mon corps, je reste là, inerte, à attendre que le bourdonnement cesse, et qu'il se pose à nouveau. Je sens la piqûre, puis la démangeaison, et je me gratte, je me gratte jusqu'au sang. Il revient plusieurs fois, je le laisse faire pour qu'il se nourrisse de moi jusqu'à n'en plus pouvoir, trop heureux que ce soit lui plutôt que les vermisseaux. Puis il ne revient plus, rassasié sans doute, me laissant seul avec le visage en feu et le sentiment fragile de n'être plus un cadavre. En fait, j'ai su plus tard qu'il s'était fait avoir par un merle au petit déjeuner et cela m'a touché. Dans mon entomologie personnelle, désormais, je ne distinguerai que deux grandes familles de bestioles : celles qui nous préfèrent vivants, et les autres, beaucoup moins sympathiques, nécrophages en tout genre, qui ne nous consomment que froids et auxquelles j'étais en train d'échapper.

Ils s'arrêtent sur le bord de la route pour décider de ce qu'il faut penser et de ce qu'il faut faire. Georges finit par admettre que son histoire de rêve ne tient pas debout.

— C'est un peu facile de dire ça maintenant,

mais je t'assure que le jour où on est allés le chercher, à la seconde où je l'ai vu, j'ai eu le pressentiment qu'on allait avoir des problèmes avec lui.

J'entrouvre les yeux trop brusquement. La lumière me fend le crâne. Je pousse un cri de douleur et je m'effraie au son de ma propre voix. Je me sens comme ces maisons délaissées aux intérieurs drapés de blanc et de poussière, dont on ouvre les volets brutalement après une éternité d'obscurité. Je m'y reprends avec prudence. En posant ma main sur mes yeux, je laisse d'abord glisser quelques rayons entre mes doigts, et tout doucement, le soleil entre dans ma tête de mort. Au bout d'un moment, je peux les garder ouverts sans trop souffrir de la clarté, mais je ne vois que des formes troubles, des taches irisées. De deux choses l'une : ou je me trouve dans un endroit flou, ou mes yeux sont encore trop faibles. Je préfère croire à la seconde hypothèse, plus rassurante. Je me redresse avec beaucoup de mal et je sors mes fesses de la vase en m'asseyant juste à côté, plus au sec.

En attendant de retrouver mes yeux, simplement pour m'entendre, je me racle la gorge, je pousse de petits cris. Je sens des milliers de mots fourmiller dans ma tête, me venir en cascade jusqu'au bord des lèvres et s'agglutiner en une pâte imprononçable. J'essaye de dire mon nom, mais je ne m'en souviens plus. Je réalise alors que je ne me souviens plus de moi, ni de rien d'autre. Je n'ai qu'une certitude, celle d'avoir été mort — ça ne s'oublie pas — et de ne plus l'être, maintenant. Il y a un mot pour dire cela, mais je ne m'en souviens plus.

Les taches s'estompent, les formes se définissent. Je suis dans un fossé, au bord d'une route. Je me demande ce que je fais là. Le soleil est bas, l'air est frais. L'herbe est pleine de rosée, j'en déduis que c'est le matin. Mais j'ai un doute. Ce peut être une pluie fine, tombée auparavant, c'est peut-être le soir. Comment savoir quand on arrive au milieu de l'histoire ?

J'essaie de me lever. Un voile noir tombe devant mes yeux. Cet insecte zélé doit m'avoir vidé de tout mon sang. J'attends un peu et je me relève plus prudemment. Je réussis à tenir debout malgré les vertiges et les mouches argentées qui tourbillonnent devant mes yeux. À mes pieds, c'est un morceau de mon cercueil. Je me demande qui je suis pour ne mériter qu'un bois d'aussi mauvaise qualité.

Je dénoue cette cravate ridicule qui m'empêche de respirer et je la jette. J'ai des croûtes de sang plein le nez, ma chemise est tachée, mon pantalon tout froissé. Je tends l'oreille. J'entends une petite musique électronique dont le vent emporte la moitié des notes. Une marche écossaise. Je cherche d'où provient le son et je vois quelque chose briller dans l'herbe. C'est une montre, ce doit être la mienne. Je la ramasse. La musique reprend sans cesse, j'appuie sur tous les boutons pour l'éteindre, sans y parvenir. Je la mets à mon poignet et je décide de suivre la route jusqu'à ce que ce que je tombe sur quelqu'un ou que je tombe évanoui.

Au bout de quelques mètres, je dois me reposer, puis je continue. Je marche une cinquantaine de mètres encore, je me repose une nouvelle fois, et je continue. Une couronne traîne au milieu de la route. Elle est faite de ces fleurs au nom compliqué. Sur le ruban, en lettres dorées, est écrit : « Regrets éternels ». Mais à quoi me servent vos regrets ? Ce dont j'ai besoin, c'est de mon nom. Voilà ce qu'on devrait inscrire sur les couronnes ou sur les gerbes. Même les enfants qu'on envoie en colonie de vacances partent avec leur nom dans le cou. Je reviens de bien plus loin et personne n'a pris cette précaution. Alors, comme un lanceur de disque, j'envoie la couronne par-dessus le fossé décorer un buisson. Je ressens une douleur terrible dans l'épaule, j'ai l'impression que mon bras s'arrache de mon corps.

Je marche face à un soleil orange et tout rond, en suspension dans les brumes. J'ai les articulations toujours aussi raides. J'énumère tous les prénoms qui me passent par la tête dans l'espoir de retrouver le mien. Des frissons me parcourent tout le corps. J'ai mal au nez. Les cornemuses à mon poignet reprennent toujours le même air.

Georges se sent ridicule et honteux de s'être enfui. Il décide de retourner.

— Ce n'est pas moi qui vais me laisser impressionner par quelques gouttes de sang, tout de même, j'en ai vu d'autres. Ce doit être un phénomène explicable. Et puis ça ne change rien, il faut l'enterrer.

Molo obtempère, comme toujours, mais cette fois il ne se presse pas pour faire demi-tour, il lance le moteur, tranquillement. Dans dix minutes à peine, ils seront sur place. Rien ne l'attire, là-bas.

Je marche sur la route, à gauche, au milieu, à droite, j'essaie de suivre la ligne, mais c'est difficile de marcher droit. Ma veste étriquée comme une camisole m'empêchait de bouger les bras, je l'ai balancée. J'ai la langue sèche, la gorge sèche, je me sens sec jusqu'au cœur des cellules de la moelle de mes os. J'ai peur de prendre feu au soleil.

Le corbillard entame une longue ligne droite Molo ouvre grands les yeux. Là où la route plonge, à une centaine de mètres, un homme marche.

— Regarde, il y a quelqu'un. Il a dû voir le corps, s'il vient de là-bas.

Georges cligne de l'œil pour mieux le voir.

— Il n'a pas dû réaliser, il a l'air de tenir une de ces cuites...

— Il vient bien vers nous.

— Ne ralentis pas, ne le regarde pas.

J'ai la tête lourde comme un nourrisson, mais de temps en temps, je la redresse et je regarde l'horizon. Je fais bien. Une voiture arrive. Un fourgon noir. Un corbillard. Quelle ironie... Je reste au milieu de la route et je fais de grands signes.

Georges s'énerve :

— Il reste planté là, cet idiot.

Molo ne dit plus rien. Il relâche l'accélérateur en blêmissant.

— Qu'est-ce qu'il veut ?

— C'est lui, Georges, balbutie Molo.

Le corbillard s'arrête. L'homme s'approche :

— Excusez-moi...

— ... pourriez-vous m'emmener jusqu'au prochain village, s'il vous plaît ?

Il y a deux hommes à bord, l'un assez jeune et l'autre qui doit avoir une soixantaine d'année. Ils ont l'air complètement abrutis. Ce n'est pas à eux que je vais raconter mon histoire. Je m'adresse à celui qui est au volant, il me regarde fixement et ne baisse même pas la vitre. Je ne lui inspire pas confiance, je dois avoir une de ces gueules...

Georges a reconnu la chemise blanche de l'homme, maculée de sang. Il a détourné le regard et s'est mis à trembler comme une feuille sans pouvoir s'arrêter. L'homme s'approche encore et frappe à la vitre. Il se regarde dans le rétroviseur et palpe son nez bleu et enflé.

Molo ferme les yeux et trouve le courage d'ouvrir la portière. Sa gorge se noue.

— ... Oui ?

— Pourriez-vous me déposer au prochain village, s'il vous plaît ?

Molo a un haut-le-cœur. « Mon Dieu, quelle haleine... » Il bafouille sans trop savoir quoi lui répondre.

Georges intervient :

— Ce n'est pas notre chemin, désolé.

— Ah. Vous avez quelqu'un derrière ?

— Oui. Enfin non, répond Georges, nous allions chercher quelqu'un.

— Au prochain village, peut-être ?

Georges se sent tout bête. Que peut-il lui répondre maintenant ? « Non, là bas, dans le fossé. » Certainement pas.

— Au village, c'est ça.

— Si vous pouviez m'y déposer alors, ce serait vraiment gentil.

— Montez, dit Molo.

Je fais le tour du fourgon. Le vieux fait une drôle de tête. Il se pousse, je grimpe, je m'assois à côté de lui. Nous partons.

Ils ne sont pas très causants. Moi non plus. Ils ne me posent aucune question, ce n'est pas plus mal. Je remarque une bouteille coincée dans le vide-poches à côté de moi. Je demande :

— Vous n'auriez pas quelque chose à boire, par hasard ?

Le jeune me montre la bouteille avec son doigt.

— Là.

— Merci.

L'eau est tiède, mais elle me fait le plus grand bien, comme si elle s'écoulait directement dans mes veines. Je me rince la bouche, discrètement. Le vieux me regarde de travers. Je lui tends la bouteille. Il lève la main.

— Sans façon.

À la lumière, en suspension dans la transparence de l'eau, je vois une multitude de particules insignifiantes, de pellicules de rien du tout.

Nous roulons depuis cinq minutes.

Je souris, j'essaie de me contenir, mais je pouffe de rire.

— Qu'est-ce qu'il y a ? Qu'est-ce qui vous fait rire ? me demande le jeune.

— Vous ne pouvez pas comprendre... Je suis assis à la place du mort.

Le jeune regarde l'autre et lui chuchote quelque mots du bout des lèvres. Il se croit discret.

Ma montre qui avait fini par s'arrêter toute seule se remet à sonner. Le jeune tourne brusquement la tête vers moi. Il fait un écart et manque de nous envoyer dans le fossé. Il pose ses yeux sur mon poignet.

— Ma montre !

— Pardon ? lui dis-je.

Le vieux s'enfonce dans son siège.

— C'est ma montre que vous avez là, reprend l'autre. Je l'ai eue pour ma confirmation.

Je ne comprends rien à ce qu'il raconte. Il rétrograde, maintenant. Je ne vois aucune habitation, pourtant. Nous nous arrêtons. Il regarde son collègue d'un air grave et résolu.

— Il faut lui dire, Georges.

Le jeune m'a tout raconté. L'autre n'a pas ouvert la bouche, il regardait ses mains sans vraiment les regarder. Je lui ai rendu sa montre, il a fait taire la mélodie immédiatement. Il m'a expliqué qu'il devait l'avoir enlevée pour me préparer, qu'elle avait dû tomber dans le cercueil, à un moment ou à un autre, et qu'ils avaient refermé sans s'en rendre compte. Il m'a répété que c'était sa montre à quartz qu'il avait eue pour sa confirmation.

Je sors faire quelques pas autour du corbillard pour essayer de m'éclaircir les idées. J'ai mal au crâne, très vite. Certaines choses sont si difficiles à concevoir que notre esprit les rejette dans la douleur. Je me souviens avoir ressenti, déjà, quelque chose de semblable sous un ciel étoilé, en essayant d'admettre son infinitude.

Je remonte dans le fourgon. Le jeune me dit :

— Pourquoi vous tracasser ? La vie, ça tient à peu de choses, la mort aussi, sans doute.

Je réponds :

— Le Styx n'est peut-être qu'un ruisseau, finalement...

Puis il me tend la main par-dessus son collègue :

— Appelez-moi Molo. Lui, c'est Georges, mon chef d'équipe.

Je leur serre la main, mais j'ai envie de les embrasser. On a si peu souvent l'occasion d'embrasser ses fossoyeurs après ses funérailles.

— Si vous pouviez me dire quel est mon nom, je pourrais me présenter.

Ils n'ont pas l'air de comprendre.

— Je ne me souviens de rien me concernant, de presque rien.

— C'est terrible, me dit Molo.

— Je ne vais pas me plaindre.

Il a l'air embêté.

— Je suis désolé, ça peut paraître idiot, mais je crois que je ne l'ai jamais su, votre nom. Pour nous vous étiez « le corps » et puis « le cercueil » ; et votre famille, c'était « la famille ». C'est bête...

Il s'adresse à son collègue :

— Tu connais son nom, toi ?

Il fait non de la tête, mais je sens bien qu'il ne fait aucun effort.

Molo s'excuse encore :

— Il faut dire que les paperasses, nous, on s'en occupe pas. C'est l'affaire de notre patron. D'ailleurs, quand je pense à la tête qu'il va faire en vous voyant...

Molo sort une carte de la boîte à gants et la déplie.

— Vous ne pouvez pas savoir ce que je suis content de ne plus avoir à chercher ce cimetière, me dit-il.

Je suis obligé de me coller à Georges pour me pencher sur la carte. Il se pousse le plus possible pour éviter mon contact. Je crois que je lui fais peur.

— On doit être à peu près par là, fait Molo en traçant un petit cercle dans le vide avec son doigt.

Puis il pose son index au centre de la carte.

— ... Et Saint-Jean est ici. C'est pas compliqué, il suffit de revenir sur nos pas.

— Qu'est-ce que tu en dis, Georges ?

— Tu crois qu'on sera rentré pour Noël ?

Molo rit jaune. Le corbillard s'élance.

Nous nous arrêtons à l'endroit de l'accident. Molo descend sans couper le moteur, il ramasse le dernier morceau de cercueil dans le fossé, le charge à l'arrière du fourgon et nous repartons aussitôt.

De temps en temps, des nappes de brouillard qui paressent nous engloutissent. Pendant quelques secondes, on n'y voit plus rien, mais Molo ralentit à peine. Parfois même, en ligne droite, il accélère pour en ressortir plus vite.

Il me dit :

— On parlera de vous dans la région, ça c'est sûr, et pas seulement dans la région.

Je lui réponds :

— De vous aussi.

— Si après ça on n'a pas une augmentation... Pas vrai, Georges ?

— C'est sûr.

Je les flatte :

— Une décoration, vous voulez dire.

Molo sourit, mais je le sens rêveur.

Ils ont eu la main un peu lourde sur le maquillage. Tout mon visage me brûle, maintenant. En frottant mes doigts sur ma peau, je décolle de petites roulures pâteuses de mes joues.

Molo me demande :

— De quoi êtes-vous mort, au juste ? si ce n'est pas trop indiscret.

— J'allais vous poser la question. Je n'en ai aucune idée.

— Ah bon. Tu sais, toi, Georges ?

— M'en souviens plus.

— De toute façon, reprend Molo, ça n'a plus grande importance, maintenant. Il ne faut plus penser à ça, il faut regarder vers l'avenir.

— J'essaye, mais c'est déroutant cet avenir inespéré.

— Je vous comprends.

Ce vide, dans le fond de ma gorge, ce n'est pas très clair non plus, mais je crois bien que c'est la faim qui m'asticote. À bien y réfléchir, j'en suis même sûr : j'ai faim. Et maintenant que je sais que j'ai faim, j'ai encore plus faim.

Je demande :

— On y sera bientôt ?

— Un peu de patience, me répond Molo.

— Je demande ça parce que j'ai très faim, subitement.

— Moi, plus du tout, par contre, fait Georges.

Je ne sais pas trop comment je dois le prendre. Molo enchaîne :

— Une fois au village, on s'arrêtera chez Jules pour finir les restes d'hier. C'est copieux, vous verrez. Et puis ensuite, on vous ramènera chez vous sans prévenir personne. On va leur faire la surprise.

— Qui sait ? le choc des retrouvailles me fera peut-être revenir la mémoire.

— En attendant, j'aimerais bien tomber sur une station-service, s'inquiète Molo. Ça devient urgent. Je ne vois même plus l'aiguille, tellement elle est basse.

XIII

Un insecte claque contre le pare-brise.

Molo demande :

— Vous avez pu lire ce qui était écrit sur la borne ?

— Je n'ai pas vu de borne, fait Georges.

Je dis :

— J'ai vu, moi, c'était écrit : « Bréhau — 1 km. »

— C'est bien ce qu'il me semblait, reprend Molo. Petite erreur de navigation, je crois...

Il lève le pied. Nous nous arrêtons sur le côté. Il passe ses doigts dans ses cheveux.

Je demande :

— Ça veut dire qu'on est tout près du cimetière ?

— Tout juste, me répond Georges, désabusé. On finit toujours par trouver ce qu'on ne cherche plus.

— Je ne voudrais pas vous embêter, mais si

on est vraiment tout près, si ça ne vous dérange pas, j'aimerais aller me recueillir sur ma tombe.

Molo est un peu surpris. Il interroge son collègue en haussant les sourcils.

— Après tous les efforts qu'on a faits pour le trouver, ce cimetière, répond Georges, ce serait dommage de ne pas en profiter.

— Merci.

Nous y sommes déjà. Un chemin quitte la route et monte jusqu'au cimetière planté à flanc de colline comme un carré de vigne.

Je descends, je prends le temps de remettre ma chemise dans mon pantalon, et j'y vais. Georges et Molo me suivent. Je passe le portail et je m'arrête.

Au milieu de ce paysage de pierres lisses, de lignes droites et d'angles, un désordre presque imperceptible attire mon regard. Un tas de terre et quelques planches, là-haut. C'est là.

Je découvre mon nom gravé sur le granit. Aucun souvenir. Il ne me dit rien. J'entends le bruit de pas des croque-morts qui montent l'allée dans mon dos. Ils me rejoignent et se signent.

Nous restons silencieux, une minute ou deux, devant ma tombe béante.

Puis je me confie :

— Je regrette un peu d'être venu.

— Pourquoi ? fait Molo.

— J'ai l'impression qu'il n'y a pas d'endroits où les morts sont moins présents qu'au cimetière. Ils sont dans l'air, dans le vin, dans les pierres, partout ; en nous surtout. Mais pas ici, il n'y a personne ici. La preuve, je n'y suis pas, non plus.

— Vous savez au moins comment vous vous appelez, maintenant.

— Je n'en sais pas plus.

— C'est déjà ça, dit Georges.

Je fais un petit pas en arrière, et nous y allons. J'ai hâte de rentrer, maintenant.

XIV

Les peupliers semblent fuir dans l'autre sens. Je lutte pour ne pas m'endormir, de peur de ne plus me réveiller. À chaque carrefour, Molo ressort la carte et constate que nous ne sommes toujours pas dessus.

— Quelle heure est-il ? soupire Georges.

— Presque midi.

Le volant se met à vibrer. Molo n'arrive plus à tenir le fourgon. Il freine rapidement. Nous stoppons.

— J'ai bien peur qu'on ait crevé.

Molo dévisse les écrous à grands coups de pied sur la manivelle. Il monte le cric, et le fourgon décolle lentement. Il retire la roue, la remplace, et s'apprête à la resserrer. Georges lui prend la manivelle des mains.

— Laisse-moi faire, je ne suis sûr de rien avec toi.

Molo, exténué, se pousse, s'en va jeter la roue sur le bois à l'arrière du fourgon, puis retourne au volant. Je reste debout à côté de Georges. Il serre le dernier écrou à bloc et se redresse.

— Ça, c'est bien serré, lui dis-je.

Il me répond :

— Je n'ai pas l'habitude de faire les choses à moitié.

J'ajoute encore :

— C'est bien.

Et je lui tourne le dos. Je fais un pas, je pose ma main sur la poignée de la porte, je m'effondre.

Je lève la tête. Georges m'a frappé avec la manivelle. Il hésite. Il va recommencer. Je peux me relever et il me manque cette fois. Il hurle. Dans l'élan, il s'est touché le tibia. Je fais le tour du fourgon en titubant, je m'appuie sur le capot, je croise le regard horrifié de Molo à travers mon reflet sur le pare-brise. Je m'enfuis derrière le corbillard. Georges se précipite sur moi.

Molo n'osa pas bouger. Dans le rétroviseur extérieur, Georges apparut de derrière le fourgon en traînant l'homme par les pieds.

— Viens m'aider ! cria-t-il.

Molo ouvrit la porte et descendit lentement.

— Tout est rentré dans l'ordre, maintenant, fit Georges, c'est mieux comme ça, crois-moi. Je ne veux pas d'histoires, moi.

— Georges...

— Restons pas là, il faut retourner au cimetière. Je ne voudrais pas qu'on dise que je n'ai pas fait mon boulot.

— Mais...

— Ne me regarde pas comme ça. Il n'a pas souffert. Ce n'est pas douloureux de disparaître quand on ne sait même pas qui on est.

— Tu l'as tué...

— On ne tue pas un mort.

DU MÊME AUTEUR

Aux Éditions du Rocher

« EDMOND GANGLION & FILS », 1999 (Folio n° 3485)
LES ENSOLEILLES, 2000

COLLECTION FOLIO

Dernières parutions

3754. Michel Déon — *Une affiche bleue et blanche.*
3755. Hervé Guibert — *La chair fraîche.*
3756. Philippe Sollers — *Liberté du XVIIIème.*
3757. Guillaume Apollinaire — *Les Exploits d'un jeune don Juan.*
3758. William Faulkner — *Une rose pour Emily* et autres nouvelles.
3759. Romain Gary — *Une page d'histoire.*
3760. Mario Vargas Llosa — *Les chiots.*
3761. Philippe Delerm — *Le Portique.*
3762. Anita Desai — *Le jeûne et le festin.*
3763. Gilles Leroy — *Soleil noir.*
3764. Antonia Logue — *Double cœur.*
3765. Yukio Mishima — *La musique.*
3766. Patrick Modiano — *La Petite Bijou.*
3767. Pascal Quignard — *La leçon de musique.*
3768. Jean-Marie Rouart — *Une jeunesse à l'ombre de la lumière.*
3769. Jean Rouaud — *La désincarnation.*
3770. Anne Wiazemsky — *Aux quatre coins du monde.*
3771. Lajos Zilahy — *Le siècle écarlate. Les Dukay.*
3772. Patrick McGrath — *Spider.*
3773. Henry James — *Le Banc de la désolation.*
3774. Katherine Mansfield — *La Garden-Party* et autres nouvelles.
3775. Denis Diderot — *Supplément au Voyage de Bougainville.*
3776. Pierre Hebey — *Les passions modérées.*
3777. Ian McEwan — *L'Innocent.*
3778. Thomas Sanchez — *Le Jour des Abeilles.*
3779. Federico Zeri — *J'avoue m'être trompé. Fragments d'une autobiographie.*
3780. François Nourissier — *Bratislava.*
3781. François Nourissier — *Roman volé.*

3782. Simone de Saint-Exupéry — *Cinq enfants dans un parc.*
3783. Richard Wright — *Une faim d'égalité.*
3784. Philippe Claudel — *J'abandonne.*
3785. Collectif — *«Leurs yeux se rencontrèrent...». Les plus belles premières rencontres de la littérature.*
3786. Serge Brussolo — *Trajets et itinéraires de l'oubli.*
3787. James M. Cain — *Faux en écritures.*
3788. Albert Camus — *Jonas ou l'artiste au travail* suivi de *La pierre qui pousse.*
3789. Witold Gombrovicz — *Le festin chez la comtesse Fritouille* et autres nouvelles.
3790. Ernest Hemingway — *L'étrange contrée.*
3791. E. T. A Hoffmann — *Le Vase d'or.*
3792. J. M. G. Le Clezio — *Peuple du ciel* suivi de *Les Bergers.*
3793. Michel de Montaigne — *De la vanité.*
3794 Luigi Pirandello — *Première nuit et autres nouvelles.*
3795. Laure Adler — *À ce soir.*
3796. Martin Amis — *Réussir.*
3797. Martin Amis — *Poupées crevées.*
3798. Pierre Autin-Grenier — *Je ne suis pas un héros.*
3799. Marie Darrieussecq — *Bref séjour chez les vivants.*
3800. Benoît Duteurtre — *Tout doit disparaître.*
3801. Carl Friedman — *Mon père couleur de nuit.*
3802. Witold Gombrowicz — *Souvenirs de Pologne.*
3803. Michel Mohrt — *Les Nomades.*
3804. Louis Nucéra — *Les Contes du Lapin Agile.*
3805. Shan Sa — *La joueuse de go.*
3806. Philippe Sollers — *Éloge de l'infini.*
3807. Paule Constant — *Un monde à l'usage des Demoiselles.*
3808. Honoré de Balzac — *Un début dans la vie.*
3809. Christian Bobin — *Ressusciter.*
3810. Christian Bobin — *La lumière du monde.*
3811. Pierre Bordage — *L'Évangile du Serpent.*
3812. Raphaël Confiant — *Brin d'amour.*
3813. Guy Goffette — *Un été autour du cou.*
3814. Mary Gordon — *La petite mort.*

3815. Angela Huth	*Folle passion.*
3816. Régis Jauffret	*Promenade.*
3817. Jean d'Ormesson	*Voyez comme on danse.*
3818. Marina Picasso	*Grand-père.*
3819. Alix de Saint-André	*Papa est au Panthéon.*
3820. Urs Widmer	*L'homme que ma mère a aimé.*
3821. George Eliot	*Le Moulin sur la Floss.*
3822. Jérôme Garcin	*Perspectives cavalières.*
3823. Frédéric Beigbeder	*Dernier inventaire avant liquidation.*
3824. Hector Bianciotti	*Une passion en toutes Lettres.*
3825. Maxim Biller	*24 heures dans la vie de Mordechaï Wind.*
3826. Philippe Delerm	*La cinquième saison.*
3827. Hervé Guibert	*Le mausolée des amants.*
3828. Jhumpa Lahiri	*L'interprète des maladies.*
3829. Albert Memmi	*Portrait d'un Juif.*
3830. Arto Paasilinna	*La douce empoisonneuse.*
3831. Pierre Pelot	*Ceux qui parlent au bord de la pierre (Sous le vent du monde, V).*
3832. W.G Sebald	*Les émigrants.*
3833. W.G Sebald	*Les Anneaux de Saturne.*
3834. Junichirô Tanizaki	*La clef.*
3835. Cardinal de Retz	*Mémoires.*
3836. Driss Chraïbi	*Le Monde à côté.*
3837. Maryse Condé	*La Belle Créole.*
3838. Michel del Castillo	*Les étoiles froides.*
3839. Aïssa Lached-Boukachache	*Plaidoyer pour les justes.*
3840. Orhan Pamuk	*Mon nom est Rouge.*
3841. Edwy Plenel	*Secrets de jeunesse.*
3842. W. G. Sebald	*Vertiges.*
3843. Lucienne Sinzelle	*Mon Malagar.*
3844. Zadie Smith	*Sourires de loup.*
3845. Philippe Sollers	*Mystérieux Mozart.*
3846. Julie Wolkenstein	*Colloque sentimental.*
3847. Anton Tchékhov	*La Steppe. Salle 6. L'Évêque.*
3848. Alessandro Baricco	*Châteaux de la colère.*
3849. Pietro Citati	*Portraits de femmes.*
3850. Collectif	*Les Nouveaux Puritains.*

3851.	Maurice G. Dantec	*Laboratoire de catastrophe générale.*
3852.	Bo Fowler	*Scepticisme & Cie.*
3853.	Ernest Hemingway	*Le jardin d'Éden.*
3854.	Philippe Labro	*Je connais gens de toutes sortes.*
3855.	Jean-Marie Laclavetine	*Le pouvoir des fleurs.*
3856.	Adrian C. Louis	*Indiens de tout poil et autres créatures.*
3857.	Henri Pourrat	*Le Trésor des contes.*
3858.	Lao She	*L'enfant du Nouvel An.*
3859.	Montesquieu	*Lettres Persanes.*
3860.	André Beucler	*Gueule d'Amour.*
3861.	Pierre Bordage	*L'Évangile du Serpent.*
3862.	Edgar Allan Poe	*Aventure sans pareille d'un certain Hans Pfaal.*
3863.	Georges Simenon	*L'énigme de la* Marie-Galante.
3864.	Collectif	*Il pleut des étoiles...*
3865.	Martin Amis	*L'état de L'Angleterre.*
3866.	Larry Brown	*92 jours.*
3867.	Shûsaku Endô	*Le dernier souper.*
3868.	Cesare Pavese	*Terre d'exil.*
3869.	Bernhard Schlink	*La circoncision.*
3870.	Voltaire	*Traité sur la Tolérance.*
3871.	Isaac B. Singer	*La destruction de Kreshev.*
3872.	L'Arioste	*Roland furieux I.*
3873.	L'Arioste	*Roland furieux II.*
3874.	Tonino Benacquista	*Quelqu'un d'autre.*
3875.	Joseph Connolly	*Drôle de bazar.*
3876.	William Faulkner	*Le docteur Martino.*
3877.	Luc Lang	*Les Indiens.*
3878.	Ian McEwan	*Un bonheur de rencontre.*
3879.	Pier Paolo Pasolini	*Actes impurs.*
3880.	Patrice Robin	*Les muscles.*
3881.	José Miguel Roig	*Souviens-toi, Schopenhauer.*
3882.	José Sarney	*Saraminda.*
3883.	Gilbert Sinoué	*À mon fils à l'aube du troisième millénaire.*
3884.	Hitonari Tsuji	*La lumière du détroit.*
3885.	Maupassant	*Le Père Milon.*
3886.	Alexandre Jardin	*Mademoiselle Liberté.*

3887. Daniel Prévost	*Coco belles-nattes.*
3888. François Bott	*Radiguet. L'enfant avec une canne.*
3889. Voltaire	*Candide ou l'Optimisme.*
3890. Robert L. Stevenson	*L'Étrange Cas du docteur Jekyll et de M. Hyde.*
3891. Daniel Boulanger	*Talbard.*
3892. Carlos Fuentes	*Les années avec Laura Díaz.*
3894. André Dhôtel	*Idylles.*
3895. André Dhôtel	*L'azur.*
3896. Ponfilly	*Scoops.*
3897. Tchinguiz Aïtmatov	*Djamilia.*
3898. Julian Barnes	*Dix ans après.*
3899. Michel Braudeau	*L'interprétation des singes.*
3900. Catherine Cusset	*À vous.*
3901. Benoît Duteurtre	*Le voyage en France.*
3902. Annie Ernaux	*L'occupation.*
3903. Romain Gary	*Pour Sgnanarelle.*
3904. Jack Kerouac	*Vraie blonde, et autres.*
3905. Richard Millet	*La voix d'alto.*
3906. Jean-Christophe Rufin	*Rouge Brésil.*
3907. Lian Hearn	*Le silence du rossignol.*
3908. Kaplan	*Intelligence.*
3909. Ahmed Abodehman	*La ceinture.*
3910. Jules Barbey d'Aurevilly	*Les diaboliques.*
3911. George Sand	*Lélia.*
3912. Amélie de Bourbon Parme	*Le sacre de Louis XVII.*
3913. Erri de Luca	*Montedidio.*
3914. Chloé Delaume	*Le cri du sablier.*
3915. Chloé Delaume	*Les mouflettes d'Atropos.*
3916. Michel Déon	*Taisez-vous... J'entends venir un ange.*
3917. Pierre Guyotat	*Vivre.*
3918. Paula Jacques	*Gilda Stambouli souffre et se plaint.*
3919. Jacques Rivière	*Une amitié d'autrefois.*
3920. Patrick McGrath	*Martha Peake.*
3921. Ludmila Oulitskaia	*Un si bel amour.*
3922. J.-B. Pontalis	*En marge des jours.*
3923. Denis Tillinac	*En désespoir de causes.*

3924. Jerome Charyn — *Rue du Petit-Ange.*
3925. Stendhal — *La Chartreuse de Parme.*
3926. Raymond Chandler — *Un mordu.*
3927. Collectif — *Des mots à la bouche.*
3928. Carlos Fuentes — *Apollon et les putains.*
3929. Henry Miller — *Plongée dans la vie nocturne.*
3930. Vladimir Nabokov — *La Vénitienne* précédé d'*Un coup d'aile.*
3931. Ryûnosuke Akutagawa — *Rashômon* et autres contes.
3932. Jean-Paul Sartre — *L'enfance d'un chef.*
3933. Sénèque — *De la constance du sage.*
3934. Robert Louis Stevenson — *Le club du suicide.*
3935. Edith Wharton — *Les lettres.*
3936. Joe Haldeman — *Les deux morts de John Speidel.*
3937. Roger Martin du Gard — *Les Thibault I.*
3938. Roger Martin du Gard — *Les Thibault II.*
3939. François Armanet — *La bande du drugstore.*
3940. Roger Martin du Gard — *Les Thibault III.*
3941. Pierre Assouline — *Le fleuve Combelle.*
3942. Patrick Chamoiseau — *Biblique des derniers gestes.*
3943. Tracy Chevalier — *Le récital des anges.*
3944. Jeanne Cressanges — *Les ailes d'Isis.*
3945. Alain Finkielkraut — *L'imparfait du présent.*
3946. Alona Kimhi — *Suzanne la pleureuse.*
3947. Dominique Rolin — *Le futur immédiat.*
3948. Philip Roth — *J'ai épousé un communiste.*
3949. Juan Rulfo — *Llano en flammes.*
3950. Martin Winckler — *Légendes.*
3951. Fédor Dostoievski — *Humiliés et offensés.*
3952. Alexandre Dumas — *Le Capitaine Pamphile.*
3953. André Dhôtel — *La tribu Bécaille.*
3954. André Dhôtel — *L'honorable Monsieur Jacques.*
3955. Diane de Margerie — *Dans la spirale.*
3956. Serge Doubrovski — *Le livre brisé.*
3957. La Bible — *Genèse.*
3958. La Bible — *Exode.*
3959. La Bible — *Lévitique-Nombres.*
3960. La Bible — *Samuel.*
3961. Anonyme — *Le poisson de Jade.*
3962. Mikhaïl Boulgakov — *Endiablade.*
3963. Alejo Carpentier — *Les Élus et autres nouvelles.*

3964. Collectif	*Un ange passe.*
3965. Roland Dubillard	*Confessions d'un fumeur de tabac français.*
3966. Thierry Jonquet	*La leçon de management.*
3967. Suzan Minot	*Une vie passionnante.*
3968. Dann Simmons	*Les Fosses d'Iverson.*
3969. Junichirô Tanizaki	*Le coupeur de roseaux.*
3970. Richard Wright	*L'homme qui vivait sous terre.*
3971. Vassilis Alexakis	*Les mots étrangers.*
3972. Antoine Audouard	*Une maison au bord du monde.*
3973. Michel Braudeau	*L'interprétation des singes.*
3974. Larry Brown	*Dur comme l'amour.*
3975. Jonathan Coe	*Une touche d'amour.*
3976. Philippe Delerm	*Les amoureux de l'Hôtel de Ville.*
3977. Hans Fallada	*Seul dans Berlin.*
3978. Franz-Olivier Giesbert	*Mort d'un berger.*
3979. Jens Christian Grondahl	*Bruits du coeur.*
3980. Ludovic Roubaudi	*Les Baltringues.*
3981. Anne Wiazemski	*Sept garçons.*
3982. Michel Quint	*Effroyables jardins.*
3983. Joseph Conrad	*Victoire.*
3984. Emile Ajar	*Pseudo.*
3985. Olivier Bleys	*Le fantôme de la Tour Eiffel.*
3986. Alejo Carpentier	*La danse sacrale.*
3987. Milan Dargent	*Soupe à la tête de bouc.*
3988. André Dhôtel	*Le train du matin.*
3989. André Dhôtel	*Des trottoirs et des fleurs.*
3990. Philippe Labro/ Olivier Barrot	*Lettres d'amérique. Un voyage en littérature.*
3991. Pierre Péju	*La petite Chartreuse.*
3992. Pascal Quignard	*Albucius.*
3993. Dan Simmons	*Les larmes d'Icare.*
3994. Michel Tournier	*Journal extime.*
3995. Zoé Valdés	*Miracle à Miami.*
3996. Bossuet	*Oraisons funèbres.*
3997. Anonyme	*Jin Ping Mei I.*
3998. Anonyme	*Jin Ping Mei II.*
3999. Pierre Assouline	*Grâces lui soient rendues.*

Composition Nord Compo.
Impression Société Nouvelle Firmin-Didot
à Mesnil-sur-l'Estrée, le 16 mars 2004.
Dépôt légal : mars 2004.
1er dépôt légal dans la collection : mars 2001.
Numéro d'imprimeur : 67677.
ISBN 2-07-041357-8/Imprimé en France.

3230